FOLIO

Patrick Raynal

La clef
de Seize

Gallimard

Publié initialement par les Éditions Albin Michel en 1983, cet ouvrage a été repris par les Éditions Baleine dans la collection « canaille/revolver ».

© Éditions Baleine, 1996.

Auteur d'une vingtaine de romans policiers (*Né de fils inconnu*, *La vie duraille*, avec Jean-Bernard Pouy et Daniel Pennac, *En cherchant Sam*) et de scénarios (*Le Poulpe* en 1998), Patrick Raynal est directeur de la Série Noire et de La Noire chez Gallimard depuis 1991.

1

L'œil du maton surgit dans l'encadrement du judas. Il cligna plusieurs fois comme pour photographier l'intérieur de la cellule. Apparemment satisfait, l'œil disparut et la porte s'ouvrit dans un grand bruit de verrous.

— Prêt, commissaire ?

Je n'eus pas besoin de lever la tête pour reconnaître le gardien-chef Dubois. Depuis cinq ans qu'il servait de vedette ou de figurant à la moitié de mes cauchemars, je pouvais réciter le maton-chef sur le bout des neurones. De l'étoile d'argent de sa casquette plate aux croquenots cloutés qu'il faisait sonner par plaisir sur les passerelles métalliques du bloc A, je le connaissais par cœur, Dubois, et j'avais peur de ne jamais pouvoir l'oublier.

— Hé ! commissaire de mes deux. Tu te crois déjà dehors ?

Instinctivement je me mis debout, figé dans un garde-à-vous approximatif.

— Non, chef !

La face du maton se plissa dans un ersatz de sourire. Il promena sa face grisâtre et boursouflée devant mon visage. La casquette bleue reposait directement sur ses deux oreilles et oscillait d'avant en arrière à chacun de ses pas. L'ensemble aurait dû être du plus haut comique, pourtant personne ne riait du gardien-chef Dubois. Même lorsqu'il avait le dos tourné, car la haine vous chauffait si fort le ventre que l'idée de rire ne vous effleurait même plus.

Une méchante balafre bleue et violine barrait son visage dans toute sa longueur et retroussait en permanence le bord gauche de sa lèvre supérieure. Une aubaine, cette balafre, et Dubois en tirait une fierté féroce. D'autant que tout le monde, à la Santé, connaissait l'histoire du loubard qui avait juré qu'à sa sortie, il tuerait Dubois.

Le soir même de sa libération, il s'était pointé dans le groupe d'HLM de Nanterre où vivait le maton ; il lui sauta dessus au moment où Dubois rentrait chez lui et d'un coup de rasoir lui fendit le visage du haut de la casquette au col de la vareuse.

Avant qu'il ait pu trouver la gorge, Dubois l'avait ouvert du pubis au sternum.

— Alors, commissaire, t'as réussi ton coup !
— Quel coup, chef ?

La balafre se mit à danser dans la lumière.

— T'en avais pris pour sept ans et tu te tailles au bout de cinq. C'est un joli coup, non ?

La gorge nouée, j'avais l'impression de marcher sur un fil. Le salaud allait me chercher jusqu'au dernier moment. Jusqu'à la rue...

— Je prends mes affaires, chef ?
— Ouais, commissaire, tu vas prendre tes affaires. Mais avant, tu vas m'écouter. Ça fait vingt piges que je fais ce boulot et je sais reconnaître un petit fumier quand j'en vois un. Tu t'imagines que j'ai cru une seconde à ta prétendue bonne conduite ?...

Son haleine m'arrivait en plein visage. J'avais envie de le cogner, de réduire sa tête en bouillie, de lui piétiner le ventre pour en faire sortir les tripes, le sang, la vie...

— Pendant cinq ans, jamais une dispute, jamais une bagarre, un vrai mouton... Mais en vingt ans, des mecs comme toi, j'en ai vu des centaines. Tous des vrais fauves, et les fauves finissent toujours par retourner en cage. Tu reviendras, commissaire, je t'en fiche mon billet !

Il se dirigea vers la porte et me la tint ouverte.

— Tu peux prendre tes affaires, commissaire, tu nous quittes... provisoirement.

Dehors il faisait comme dedans, gris et froid. Il flottait et ça valait mieux comme ça. Je n'avais ni raison ni envie de me réjouir. Dubois avait raison sur un point : en cinq ans, il m'était poussé des crocs et des griffes. Mais il avait tort sur l'essentiel : je ne retournerai plus jamais en prison.

Je suis resté longtemps devant l'entrée du 42, rue de la Santé, comme pour affirmer au monde que je venais d'en sortir. La pluie et le froid avaient rapidement transpercé la tenue d'été que je portais en entrant, et c'est complètement frigorifié que j'ai poussé la porte du bistrot d'en face.

Ce troquet, c'était la dernière chose vivante que j'avais aperçue par les fenêtres du fourgon et je m'étais juré que ma première visite serait pour lui. Pendant cinq ans, je l'avais imaginé, crasseux et chaud, lumineux et bruyant. Seul havre d'humanité avant la grande glacière.

La réalité n'était pas tout à fait à la hauteur de mon rêve, mais ça sentait le bon café et le Viandox, et le patron n'avait pas d'uniforme.

J'ai commandé un double noir et une corbeille de croissants. La salle était pratiquement vide. Au fond, silencieuses et mornes, des femmes attendaient l'heure des visites.

Le patron poussa le café et les croissants devant moi.

— Vous venez de sortir ?

Il était grand, un peu gras, rougeaud. Sa tête semblait reposer directement sur le col de sa chemise et le bas de ses joues retombait sur le nylon en crissant à chaque mouvement du cou.

— Ça se voit tant que ça ?

— Vous savez, des mecs qui se baladent en costard d'été et sans manteau par un temps pareil, ça se remarque.

Le café était bon et douce la voix du type. Et puis si je ne trouvais pas le moyen d'être aimable le jour de ma sortie, je risquais de ne plus en avoir l'occasion.

— Vous avez raison. Je viens de sortir. J'ai tiré cinq ans.

— C'est une peine d'homme, ça !

Admiratif, le gonze. Si j'avais tiré six mois, il m'aurait probablement même pas regardé.

— Comme vous dites...

Un peu cher pour une virilité de pacotille. Cinq ans, coulés dans du béton... comme une vulgaire ferraille.

Le patron fourgonnait derrière son bar. De

temps en temps, il me regardait comme s'il hésitait à me parler. Dehors, la pluie empoissait le bitume. Le café me parut soudain amer et le croissant plâtreux. La déprime me dégringolait sur les épaules et m'enchâssait comme dans une chasuble. J'avais vraiment pas envie d'être seul... Pas ce jour-là... Pour un peu, j'aurais traversé la rue en suppliant qu'on me reprenne.

— Dites, votre nom, c'est comment ?

Le patron me regardait, inquiet de ma réaction. Ses gros yeux globuleux roulaient dans leurs orbites.

— Demandez-moi mes papiers, tant que vous y êtes !

— Vous fâchez pas, monsieur. Mais depuis trois jours, il y a un jeunot qui rôde dans le coin en demandant des nouvelles d'un mec dans votre genre.

— Quel genre ?

— Grand, balèze, l'air pas commode, tout à fait vous, quoi !

— Des grands balèzes à l'air méchant, ça ne doit pas manquer dans le coin.

— Ouais, mais des qui s'appellent Louis Seize, c'est quand même beaucoup plus rare.

Là, ça devenait plus sérieux parce que des nommés Louis Seize, j'en connaissais deux. Le premier avait mal supporté l'avènement de la République et l'autre, c'était moi. Un joli blaze,

Louis Seize. Un nom qui sent l'Assistance publique à dix lieues. On m'avait trouvé dans un couvercle de poubelle un 16 octobre. L'humour de l'Administration a fait le reste.

— Alors c'est vous, Louis Seize ?

Le patron me regardait sans rire, l'air un peu penché, comme un chien appliqué.

— Oui, c'est moi. Marrez-vous si vous voulez.

— Oh, moi ! vous savez. Je m'appelle Max Hilaire... Alors.

Ça, c'est le côté chouette de la vie. On finit toujours par trouver un plus tocard que soi.

Cette histoire de mec qui me courait après m'inquiétait vaguement. En trente-cinq ans d'existence, les gens susceptibles de s'intéresser à moi pouvaient se compter sur les doigts d'une main et, sur ceux-là, la moitié ne me voulait pas spécialement du bien.

— Et à qui il ressemble, mon ange gardien ?

— Plutôt le genre hippy, grand, maigre, les cheveux jusqu'aux épaules et l'air de tenir debout simplement parce que c'est la mode.

Le patron s'était mis à astiquer ses verres comme si sa vie en dépendait.

— Il m'a dit que je vous verrais sûrement parce que la première chose que vous feriez en sortant d'en face, c'est de vous pointer ici. Il veut que vous l'attendiez. Vous voyez qui c'est ?

— Un ami à moi. C'est même le seul que j'aie.

Le patron eut l'air ravi d'une midinette découvrant que le héros va épouser l'héroïne. Il se remit à astiquer ses verres en sifflotant *La Marche de Sambre-et-Meuse.*

J'avais moi aussi envie de siffloter. Finalement, la vie était moins crado qu'elle n'en avait l'air. J'étais dehors et on m'attendait.

J'ai ramassé un canard qui traînait sur le comptoir, le reste de mon café et me suis installé confortablement sur la banquette. Tel que je connaissais Patrick, j'avais des chances d'attendre un moment.

Pendant trois ans, on avait partagé la même cellule et, quand il était parti, bénéficiant d'une remise de peine de deux ans, je me suis senti plus orphelin que jamais, comme si j'avais perdu d'un coup toute ma famille. Il s'était fait pincer à la frontière belge avec deux cents grammes d'héroïne, planqués dans la doublure de son blouson, envapé jusqu'aux yeux, la veine du bras droit aussi perforée qu'une statuette vaudou. Il avait ramassé cinq ans, avec en prime une cure de désintoxication plutôt musclée. Quand il a échoué dans ma cellule, il était loquace comme un parpaing ; complètement désespéré. Au bout d'une semaine, j'étais sous le charme et le charme a duré trois ans. Presque les meilleures années de ma vie. Les seules, en tout cas, que j'aie jamais partagées avec quelqu'un. Pendant les deux ans qui suivirent sa libération, j'ai épinglé dans ma cellule les cartes postales qui jalonnaient sa vie. Bangkok, Bali, New York, Mexico et Grasse où habitait sa famille. Quand j'ai su la date approximative de ma sortie, je lui ai écrit sans trop d'espoir.

Quand il est entré, j'étais déjà largement passé du petit déjeuner à l'apéritif. Il était engoncé dans une capote militaire trop grande pour lui. Ses cheveux tombaient sur ses épaules et, malgré le temps, il portait une paire de Ray-ban aussi noires que l'aile d'un corbeau. Il s'était laissé pousser la barbe, et le duvet qui recouvrait ses lèvres et son menton lui donnait l'air fragile d'un mousquetaire phtisique. Il planait plutôt qu'il ne marchait vers moi et se laissa tomber sur la banquette.

— Salut, flicard. Je suis pas trop en retard ?
— Pour quelqu'un qui a attendu deux ans, non, pas trop.

Derrière son bar, le patron nous couvait d'un air maternel.

— Tu prends quelque chose ?
— Non, j'aime pas le quartier. Alors, maintenant que tu as bien profité de ton rêve, on s'arrache. J'ai une surprise pour toi.

Dehors il flottait toujours autant mais j'avais moins froid.

Il me fit monter dans une énorme Opel Kapitän qui devait dater du temps où les Allemands n'avaient pas encore compris la différence entre automobile et char d'assaut. En conduisant, il me jetait de brefs coups d'œil, comme s'il avait quelque chose à me dire sans pouvoir s'y résoudre. Je me doutais de ce qu'il ressentait. Moi non plus, je ne trouvais rien à lui dire. Tacitement, nous évitâmes les banalités ; je me suis absorbé dans la contemplation du paysage, comme je l'avais fait cinq ans auparavant, dans l'autre sens.

L'hôtel était plutôt miteux, et l'employé qui se tenait à la réception avait l'air aussi frais que les tapisseries pisseuses du salon. Il nous jeta un regard fatigué et se replongea dans l'étude des courses de la journée.

— C'est ça, ta surprise ?
— Si tu as les moyens de te payer le George V, ne te gêne pas. Les employés ont des casquettes. Tu serais moins dépaysé.

L'ascenseur gémissait comme si c'était son dernier voyage. Coincé contre moi, Patrick me dévisageait en souriant.

— Alors, comment c'est ?
— Pareil qu'avant, sauf que tu es maintenant dans le paysage.

Si l'entrée de l'hôtel était triste, le couloir qui desservait les chambres était carrément sinistre. Une femme de chambre variqueuse nous plaqua entre les murs et la pile de draps sales qu'elle trimbalait. À le voir, le linge devait dater de l'ouverture de l'hôtel, comme les papiers peints et les moquettes.

La chambre était sombre et sentait le vieux. Au-dessus du lit, une Andalouse brune et rouge souriait bêtement dans la glace de l'armoire.

— Voilà la moitié de la surprise.

Sur le plancher de la chambre, j'ai vu mes deux vieilles valoches, et mon sac reporter, cadeau d'adieu de la seule femme qui ait vécu chez moi. Plutôt léger, mon trousseau, mais c'était la seule chose que je possédais.

— Comment as-tu fait ?...
— Ta logeuse avait tout gardé. Elle t'adore, cette femme. Elle m'a dit de te dire que si tu voulais revenir à Nice, elle aurait toujours une chambre pour toi.
— Jamais je n'aurais pu me douter que cette

grincheuse à bigoudis était capable d'un truc pareil...

— Attends, c'est pas tout.

Patrick souleva du pied le couvercle d'une valise, il fouilla sous une pile de chemises et balança sur le lit un paquet emmailloté dans un tee-shirt.

— Surprise... deuxième moitié.

En tombant, le paquet fit un trou mou dans le matelas et la crosse de mon flingue glissa par la manche du tee-shirt. .357 Magnum. La surprise me fit écarquiller les yeux. J'étais persuadé qu'il avait disparu dans la perquise qui avait suivi mon arrestation. Je l'attrapai délicatement par la crosse de noyer quadrillé. Il glissa sans accroc dans son holster et s'installa dans ma main comme s'il ne l'avait pas quittée depuis cinq ans. Pas d'erreur, c'était bien le mien.

— Toujours la logeuse ?...

— Ouais, mon pote. Toujours la grincheuse à bigoudis. Elle semblait persuadée que tu allais en avoir aussi besoin que de tes chaussettes et de tes calbards.

Là, j'étais vraiment scié. Si je repassais un jour à Nice, j'irais tout droit lui bécoter les verrues, à la mère Michu.

Je me suis rapidement changé. J'avais hâte de quitter la chambre et d'étrenner ma nouvelle bonne humeur. Coincé dans le crapaud crado, Patrick semblait glisser derrière ses Rayban. Je voyais presque le singe qui sautait sur son dos.

— Attends-moi en bas, Lou. J'arrive dans cinq minutes.

J'avais beau m'y attendre ; le choc me cueillit au ventre, chassant ma joie comme un vol d'ombre noire. La voix de Patrick revint, un peu plus âpre.

— Si tu tiens absolument à regarder, reste là.

Il se leva et fit glisser la capote militaire le long de ses bras maigres. J'étais déjà dehors, honteux comme un voyeur surpris.

Le concierge était toujours plongé dans l'étude des courses. Ses yeux flottaient dans des paupières trop grandes pour eux. Il avait l'air déjà mort.

2

La voix râpeuse du maton m'arracha au sommeil. Le salaud cognait contre la porte de ma cellule en gueulant des chants nazis. La porte vola en éclats et une nuée de matons s'engouffrèrent dans la cellule, armés de seringues hypodermiques. Je criai et le camion des boueux m'éveilla tout à fait. À côté de moi, Patrick dormait, un peu de salive perçait aux commissures de ses lèvres. Son bras reposait sur l'édredon. Les traces de piqûres y traçaient de subtiles et insolites figures géométriques, comme autant d'astres dans un ciel inconnu. J'ai rabattu le drap, troublé par cette intimité. Trouble et tiède, étrangère. Nous avions passé la nuit à zoner de boîte en boîte, nous gavant de musique, de bière et de shit. Une défonce à la hauteur de l'événement, avait dit Patrick. Dans le matin grisouille et froid, je me suis demandé si l'événement était à la hauteur de la défonce. Les retrouvailles d'un flic déchu et d'un junk impénitent. Un horizon de sang et de poudre, d'asile et de prison. Le début d'une dérive implacable et sordide. Pas vraiment l'ambiance idéale pour mettre à profit mes nouvelles idées sur l'existence, forgées par cinq années de réflexion et de placard.

Je me suis lavé. Le lavabo était dans la chambre, planqué par un vague rideau de plastique ; la tuyauterie faisait un bruit de marteau-pilon. J'ai commencé à me raser, mais les tuyaux furent plus rapides que moi, au deuxième coup de rasoir la mousse les avait déjà bouchés. J'ai fini ma toilette à genoux devant le bidet. En passant mes fringues, je me suis juré de ne plus consommer que du luxe, des salles de bains ensoleillées et des draps en satin. J'ai bouclé mes valises et les ai rangées devant la porte. Le Magnum glissé dans la poche extérieure du sac reporter, prêt à l'usage.

Couché en travers du lit, mon pote ronflait sa défonce. Dans la lumière blême du matin, l'Andalouse avait tout d'une hépatique.

L'employé de la réception avait changé. C'était maintenant un jeunot boutonneux et soupçonneux. Il me regarda passer en se retenant manifestement de me fouiller, pour voir si je n'embarquais pas le sommier. En passant, je lui jetai :

— Vous pouvez vérifier, il ne manque pas une punaise.

J'eus peur pour ses furoncles.

J'avais besoin de café fort et de temps pour réfléchir. Le troquet était chaud et accueillant et la serveuse gardait encore autour d'elle l'odeur tiède du lit qu'elle venait de quitter. J'avais envie de m'enrouler dans sa chaleur. Après cinq ans, il fallait que je réapprenne les femmes, comme un autre pucelage, plus tendre et plus secret.

La veille, Patrick m'avait entraîné du côté de la place de l'Étoile, où les professionnelles s'entouraient de fourrure, et draguaient dans des coupés garnis de cuir havane. Elles étaient bel-

les, coupantes et froides comme une lame...
J'avais plus envie de rencontrer une femme que
de baiser. Nous sommes repartis, happés par la
zone.

Pendant deux heures, j'ai mastiqué mes
croissants et ma rogne. Quand je me suis levé,
j'avais autant de caféine que d'hémoglobine
dans les veines et ma colère prenait des proportions volcaniques. À la réception, le jeunot
boutonneux prenait des airs de dindon à pedigree.

Patrick était réveillé et regardait mes valises.

— C'est gentil de passer me dire au revoir.
Je ne t'attendais plus.

— Dis donc, le matin, tu as l'ironie aussi
légère que le Sacré-Cœur ! Je suis sorti déjeuner pour te laisser le temps de tes perforations
matinales.

— Toi aussi, tu fais dans la dentelle...

Il désigna les valises.

— Tu t'en vas tout de suite ? Je croyais
qu'on ne se quittait plus... que t'avais des projets pour nous deux.

— J'ai des projets et tu en fais toujours partie. Mais plus de la même façon. Donne-moi un
mois pour faire le plein de blé et on se retrouve
où tu veux.

— Et en attendant ?...
— Écoute, Patrick. Je n'ai vraiment aucune envie de te laisser dans cet hôtel pourri, cloué au drap par cette saloperie de seringue ; mais si je veux réussir ma réinsertion autrement qu'avec un éducateur et ailleurs que dans un HLM déglingué de la zone, j'ai besoin d'un maximum de blé et, tant que tu es branché sur l'héro, tu ne peux me servir à rien. Désolé, mec, mais c'est comme ça.

Il a essayé de répondre et un hoquet l'a plié en deux. Pendant qu'il dégueulait, cassé sur le bidet crasseux, j'ai pris mes valises. En passant la porte, j'ai crié :

— Attends-moi chez toi, à Grasse. Dans moins d'un mois tu auras de mes nouvelles.

Au milieu de l'escalier, j'entendais encore ses hoquets.

*

Le téléphone m'a arraché à la torpeur soyeuse du petit matin. Le soleil de décembre découpait la chambre d'alternances géométriques.

À côté de moi, j'ai senti le corps d'Henri glisser dans le satin. La chevalière en or rendit un son mat en heurtant le combiné.

— Allô !

Sa voix était encore pleine de tabac et d'alcool.
— Oui, c'est moi.
— ...
— O.K. Ne le lâchez plus.
— ...
— Non, n'intervenez que quand je vous le dirai.
— ...
— Pas question, il est trop coriace, mais tenez-moi au courant le plus souvent possible.

Le bruit de l'appareil qu'on raccroche et celui du corps glissant le long des draps, j'ai vite fermé les yeux pour éviter sa tendresse matinale.

3

L'image de Patrick cassé sur le bidet me poursuivait. L'asphalte mouillé suintait la misère. Le bonheur de la veille s'effilochait comme les miasmes d'une vieille défonce.

J'étais seul depuis trop longtemps pour regarder en arrière. Il me restait cinq cents balles en poche et la chose la plus urgente à faire était de m'arracher de cette ville comme on quitte une réalité trop amère.

J'ai marché jusqu'à la gare Montparnasse et là j'ai acheté un billet pour Rennes. En première, pour conjurer le sort. Pour instaurer une ère nouvelle de luxe et de chaleur feutrée. La gare était pleine de bidasses qui braillaient leurs scores. J'ai atterri dans une brasserie en faux chic, pleine de bruit et de sciure de bois. Un garçon harassé vint prendre ma commande. Sur sa veste grisâtre, une constellation de taches figurait le menu. J'ai avalé ma choucroute en pensant à ce fou de Patrick qui croyait pouvoir vivre branché en direct sur le ciel et l'enfer.

Moi aussi, j'avais cru au paradis ; le paradis rouge et musclé des hommes et des femmes aux corps tendus, aux dents saines et qui fixaient d'un œil pur et tendre l'horizon fugace de leurs rêves. J'étais entré dans la police pour en construire ma part ; parce que dans un monde meilleur, il fallait une police meilleure. En deux ans, j'ai perdu ma vertu. Je ne l'ai pas trop regrettée, elle commençait à ressembler au pardingue du clodo qui créchait sous le porche de mon immeuble. Pas de fric et plus d'illusions, j'étais mûr pour la truande. Mon métier de commissaire et le flingue fourni avec m'ont bien aidé et j'ai réussi d'assez jolis coups, tous choisis, suprême malhonnêteté, en fonction de la profession des lésés.

Et puis, un beau jour, je me suis fait piquer en braquant la recette d'une boîte de nuit. Un coup tellement tordu que j'ai encore pas compris ce qui m'était arrivé. Aux assises, mon avocat, un jeune chevelu, enrobé de frais, m'a comparé à une sorte de Robin des bois moderne, qui ne s'attaquait qu'à ceux dont la fortune était douteuse. Comme si toute fortune n'était pas douteuse. Mais je n'avais jamais distribué un rond de mon butin aux pauvres ; l'argument fit long feu. J'ai ramassé sept ans. J'ai trouvé ça long, mais pas exagérément. Je n'avais rien à faire dehors et j'ai pu réfléchir à ce que j'allais faire en sortant. Et puis, Patrick est entré et sorti...

Après son départ, j'avais envie de vivre et j'ai préparé l'avenir. Une série de coups, bien juteux, aux quatre coins de la France et le grand exil... Les Tropiques, l'Afrique... tous les pays où la vie n'a pas encore le goût de la téloche et du béton.

Pendant deux ans, j'avais fait le tour de mes copains de cabane et, à ma sortie, j'étais à la tête d'une jolie liste de forfaits potentiels. Des coups facilement exécutables par un homme seul et tous situés dans de toutes petites villes de province à faible densité policière. En un mois de travail assidu, j'aurais ramassé suffisamment de fric pour quitter définitivement la terre natale...

La choucroute était froide et la bière chaude. L'importance du pourboire ne dérida pas le garçon qui repartit vers les cuisines, fendant la sciure du parquet comme une péniche le fleuve.
À la librairie de la gare, j'ai acheté les sept romans de Chandler. Je me suis calé dans mon compartiment ; après un moment d'hésitation, j'ai commencé par *Le Grand Sommeil.*

*

Henri mangeait toujours comme si chaque bouchée était la dernière. Au bout de trois mille six cent cinquante repas, j'étais toujours aussi dégoûtée. J'essayais de faire mentalement le compte des repas restants en me basant sur une moyenne de quarante ans de mariage. Horrifiée, je posai ma fourchette.
— Vingt-neuf mille deux cents repas !
Henri me jeta un regard surpris.
— Qu'est-ce que tu dis ?
— En quarante ans de mariage, nous aurons pris vingt-neuf mille deux cents repas ensemble, sans compter les petits déjeuners...
— Ouais et alors ?...

— Alors, rien.

Il se replongea dans son gigot, et moi dans mes pensées. Heureusement, il n'y avait qu'une seule nuit par jour.

Le téléphone sonna, interrompant sa mastication.

— Allô ?

Je me demandais si, au bout de la ligne, son correspondant profitait autant que moi des remugles d'ail et de vin.

— ...

— Laissez la voiture à Paris et prenez le train. Je téléphone à Rennes pour qu'on vous prépare une autre voiture.

— ...

— O.K. Surtout ne le lâchez pas.

Il raccrocha, une expression de férocité satisfaite planait sur sa figure.

Pour la première fois, je me suis sentie dans la peau du gibier. J'ai pas aimé ça.

4

Chandler et Marlowe n'ont pas pu m'empêcher de voir et d'entendre mes contemporains. Le train en était plein. De tous âges et de toutes conditions. En cinq ans, leurs discours n'avaient pas changé. L'internement m'avait même refusé l'ultime plaisir des libérés : le dépaysement. Plus rien ne changeait dans ce monde en dérive, que la forme des bagnoles, la couleur des télés et la taille des cols de chemise. Le train me parut aussi intemporel que l'administration pénitentiaire. La gueule des wagons changeait, comme une dérisoire concession au design. À l'intérieur le bétail était toujours le même, parqué par l'invisible barrière des préjugés.

En taule, j'avais eu comme compagnon un vieux peintre anar et pédé, un de ces mecs qui vous font croire que le monde pourrait avoir une autre tronche que celle des ayatollahs qui nous gouvernent. Il avait ramassé trente ans pour meurtre et, comme il en avait déjà soixante-cinq, l'idée de sortir lui semblait aussi marrante que l'asile de vieux dans lequel il finirait par échouer. C'est lui qui m'avait indiqué le coup que je m'apprêtais à faire.
— Tu sais, Lou, m'avait-il dit, ce braquage, ça fait des dizaines d'années que j'en rêve. Pas pour ce qu'il peut rapporter mais pour l'identité du braqué. Un vieux pourri de notaire de province. Le bâtard d'un rat et d'une teigne. Ça fait vingt ans qu'il fait son blé en prêtant du

pognon à des fauchés de la région. Les gens prétendent même qu'il travaille de moitié avec l'huissier du coin. Tu vois un peu le genre de boulot...

Un peu, que je voyais. À mes débuts de commissaire, j'avais été obligé de faire la tournée des saisies avec un huissier. À mi-parcours, je l'avais largué, mon café crème au bord des lèvres et l'envie de lui cogner la tête jusqu'à ce que la crosse de mon pétard soit transformée en sciure de bois.

— ... Mais moi, je suis pas vraiment un braqueur, et puis je le connais trop, le notaire. Si je me pointe chez lui avec un flingue, je pourrais pas m'empêcher de l'éparpiller avant même de lui faire ouvrir son coffre. Braque-le pour moi, Lou. De toute façon, quand je sortirai d'ici, je pourrai même plus faire la différence entre un pétard et un arrosoir.

Quand je l'ai quitté, Charlie m'a embrassé.

— Braque le notaire, Lou, fais-le pour moi, et claque son fric à ma santé !

À Rennes, la pluie s'était faite plus froide, plus incisive. Dans le hall de la gare, j'ai acheté une carte de la région. Le buffet ressemblait à celui que je venais de quitter. Les pupilles du loufiat semblaient naviguer dans un océan d'alcool. J'ai rapidement localisé le bled que m'avait indiqué Charlie. Un nom en « ic » posé sur la nationale Rennes-Lorient-Brest. En regardant la carte, j'avais déjà dans le nez l'odeur de la bouse de vache et du lait frais tiré. Marrant qu'un mec comme Charlie sorte de la cambrousse, lui qui portait sur la tronche l'asphalte des boulevards et la pâleur des caves.

Quand la nuit commença à tomber, je suis sorti pour piquer une voiture. De toutes les truanderies, le vol de bagnole est la plus facile à réaliser, même pour ceux qui sont pas foutus de démarrer avec leur propre clef. Il suffit de se placer devant un bar-tabac et d'attendre qu'un pigeon laisse sa tire en double file. J'ai laissé passer deux ou trois modèles qui ne me plaisaient pas et me suis laissé tenter par une superbe BMW rutilante et bleu nuit. En prime, j'ai gagné un Dupont et un Burberry's mastic. Dans le monde du pèze, ce qui compte, c'est les accessoires. En démarrant, j'ai pensé aux éducateurs chargés de me réinsérer dans la société. Ils devaient commencer à se demander ce que j'étais devenu. Les pauvres, dévoués comme je les imaginais, ils devaient sûrement m'avoir dégotté une bonne place de magasinier ou de manutentionnaire et un joli studio avec vue sur la décharge et la gare de marchandises.

Qu'ils ne s'en fassent pas, les bons apôtres,

j'étais précisément en train de me réinsérer. Comme un coin, une épine entre chair et peau, là où les rupins gardent leur pognon à l'abri des sauvages.

*

La BMW bouffait la route en silence. Je commençais à me laisser gagner par l'ambiance qu'elle distillait : l'impression de puissance feutrée que donne la richesse.

Le nom du bled en « ic » apparut dans les phares. Je me suis garé à deux cents mètres de la gendarmerie. Le Burberry's m'allait comme un gant. J'ai glissé le Magnum dans la poche intérieure et je suis sorti en faisant semblant de fermer la porte à clef. En passant devant une vitrine, j'ai jeté un coup d'œil au reflet : j'avais tout du jeune membre de la Chambre économique.

*

Dans la clarté d'un lampadaire, j'ai repéré les panonceaux et lu la plaque :

ALFRED BINET — NOTAIRE

D'après Charlie, le gars habitait seul. Pas de femme, pas d'enfant. Personne qui puisse lui piquer son fric. Juste une vieille servante qui, nourrie et logée, devait trouver que Me Binet était bien bon. Au rez-de-chaussée, l'étude ; au premier étage, l'appartement du notaire ; au second, celui de la bonne. Le coffre était au rez-de-chaussée, dans le bureau.

La porte était fermée. Je l'ai cognée avec la crosse du Magnum. Une vieille, barbue comme un sapeur, est venue m'ouvrir.

— Qu'est-ce que c'est ?

Sa voix avait la douceur d'un embiellage sans huile.

— Maître Binet, s'il vous plaît ?
— À quel sujet ?

Je me suis avancé dans la lumière pour exhiber mon côté bon genre. Elle ouvrit la porte pour m'inonder de lumière. Comme elle hésitait encore, j'ai poussé la porte du pied et lui ai collé mon Magnum sous le nez, le canon dans la moustache. Sa bouche s'arrondit en un O muet et surpris, puis elle leva docilement les bras. Comme si elle s'était fait braquer toute sa vie.

— Comment vous appelez-vous ? lui ai-je demandé d'un ton affable.
— Germaine...
— Eh bien, Germaine, je suis un voleur et je

suis venu pour voler votre patron, mais comme je lui laisserai suffisamment d'argent pour qu'il continue à vous payer, vous n'avez rien à perdre dans cette affaire et, par conséquent, rien à gagner à faire preuve d'un quelconque héroïsme. Vous m'avez compris, Germaine ?

Elle acquiesça.

— ... Maintenant, baissez les bras et conduisez-moi dans le bureau de votre patron.

Au fond du couloir s'éleva une voix impatiente :

— Qu'est-ce que c'est, Germaine ?
— C'est pour vous, monsieur.

Le naturel de sa voix m'étonna. Elle me regarda et je crus lire au fond de ses yeux une lueur de satisfaction longuement refoulée ; puis d'une démarche dandinante, elle me précéda.

Le bureau était sombre et sentait le vieux. Le mobilier datait sûrement de Me Binet père. Au fond de la pièce, le notaire s'acagnardait derrière son bureau comme un crocodile dans son marigot. Au-dessus de sa tête, un crucifix polychrome exhibait ses esquarres. Charlie n'avait pas exagéré, le vieux avait tout du rat. Ses yeux coururent de mon visage au flingue et sa main glissa vers un tiroir.

— Laissez vos mains bien en vue, maître, vous êtes trop vieux pour être assez rapide.

La main blême et tavelée s'immobilisa dans la lumière de la lampe.

— Que voulez-vous ?

Sa voix était basse et ferme. Pas impressionné, le tabellion.

— Votre fric ! Du moins, une partie, celle qui est dans le coffre. Vous conviendrez que cela ne représente qu'une part infime de ce que vous avez extorqué en deux générations de notariat. La partie visible de l'iceberg, en somme.

— Et si je refuse ?

— Je vous tue.

— Si je suis mort, vous ne pourrez plus ouvrir le coffre.

— Vous non plus.

— Il n'y a rien dans le...

— Alors vous ne risquez rien à l'ouvrir.

Il hésita, visiblement pour tester ma détermination. J'ai levé le canon de mon flingue, inscrivant le visage sec du notaire dans les repères de la mire. À moitié surpris, je m'aperçus que j'étais prêt à tirer. Si ce vieux bonze n'ouvrait pas son coffre, j'allais vraiment lui répandre la cervelle dans ses classeurs, et sans remords encore. Le message dut passer.

Le notaire se leva. Sa voix était toujours aussi calme.

— J'ai suffisamment d'argent pour me passer du contenu de ce coffre.

— C'est une des différences qui existent entre nous.

Il se dirigea vers un vieux Fichet-Bauche, massif et vert comme un dinosaure. Ses mains s'activèrent sur les boutons. Avant qu'il ouvre la porte, je l'arrêtai en le frappant légèrement du canon de mon arme.

— Je ne sais pas exactement ce que contient le coffre. Mais je vous préviens que je n'hésiterai pas à vous abattre si vous tentez quoi que ce soit.

Il me regarda de côté. Son œil était froid et rond comme celui d'un lézard.

— Croyez-vous que si je n'étais pas persuadé que vous êtes un assassin, j'aurais ouvert ?

— Nous nous comprenons parfaitement. Maintenant, ouvrez.

Il ouvrit la porte et recula de quelques pas, gardant ostensiblement ses mains en vue. La partie supérieure du coffre était pleine de liasses empilées. J'adressai une pensée émue au vieux Charlie et me promis de lui expédier un mandat.

Germaine fixait le fric, les yeux légèrement exorbités. Je lui donnais des idées, à la vieille servante fidèle. Elle devait regretter ses années de dévouement passif et sous-payé.

— Désolé, Germaine ; mais si je vous en laissais prendre, il vous le repiquerait aussi sec.

Je sortis un grand sac-poubelle de la poche de mon imper et le lui tendis.

— Soyez gentille, remplissez le sac.

Je comptai mentalement les liasses et, au mouvement de ses lèvres, je compris qu'elle comptait aussi. Le notaire ne comptait pas ; il savait, lui.

— Dix briques ! Vous vous en sortez bien, maître ! Une bagatelle facilement amortissable. Un jeu d'écritures et ce ne sera plus qu'un mauvais souvenir.

Il me regardait sans répondre et son sang-froid commençait à m'énerver, à me frustrer, comme si sa peur eût ajouté du piment à mon butin.

Je le poussai dans son fauteuil et, passant ses bras derrière le dossier, les lui ligotai solidement avec un rouleau de scotch. J'attachai ses chevilles aux pieds du fauteuil et j'arrachai le fil du téléphone. Dans la poche de sa veste, je trouvai un mouchoir que je lui fourrai dans la bouche et que je fixai avec le restant du scotch.

— Adieu, notaire, et n'espérez pas trop que je me ferai prendre. Quant à la justice immanente, n'en attendez rien. Si elle existe, votre note sera bien plus lourde que la mienne.

Je pris Germaine par le bras et sortis en refermant à clef la lourde porte capitonnée.

La mafflue me couvait d'un œil paisible. Décidément, je n'impressionnais personne dans cette maison...

Je remis mon Magnum dans son étui. Germaine me fit un sourire approbateur comme si je me comportais enfin honorablement. Elle commençait vraiment à m'énerver, d'autant que je n'avais aucune idée de l'endroit où je pouvais la stocker.

— La cave, me dit-elle, d'un ton affable.
— Quoi, la cave ?
— Mettez-moi dans la cave. La porte ferme à clef, il y a de quoi manger et un bon matelas. J'y serai très bien pour attendre.
— Ouais, et dès que j'aurai le dos tourné vous vous mettrez à hurler et à cogner sur la porte pour rameuter tout le village, gendarmes compris.
— Pourquoi voulez-vous que je crie ? C'est pas mes sous...

J'ai dû la regarder d'un air passablement abruti car elle me tapota gentiment le bras.

— ... Dépêchez-vous. Quelqu'un pourrait venir.

Elle trottina jusqu'au fond du couloir, ouvrit

une porte massive et me tendit une clef de la taille d'une barre à mine.

— Grâce à vous, demain matin tout le village va se tordre de rire.

Elle en était déjà hilare, la brave dame.

— C'est les gendarmes qui vont trouver ça moins drôle, lui ai-je dit en repoussant doucement la porte.

— Oh, vous savez, le brigadier a été obligé de s'engager parce que Binet avait ruiné sa famille...

Comme j'allais refermer la porte, elle mit sa tête dans l'entrebâillement et me sourit d'un air malicieux.

— Dites, maintenant qu'il ne regarde plus, vous pouvez m'en donner un peu...

Son nez frémissait et désignait clairement le sac-poubelle. Je lui tendis une liasse en me traitant intérieurement de crétin sentimental. Elle disparut dans l'ombre de la porte après m'avoir gratifié d'un clin d'œil complice et reconnaissant.

Tonique, la vieille servante. Pas étonnant que les prisons soient pleines de braves gens.

La grande rue était toujours aussi calme. En passant près de la gendarmerie, j'ai entendu le brouhaha animé d'une partie de tarots. J'ai souri béatement à la lune naissante. Le vent m'apportait l'odeur apaisante du fumier. Pour un peu, je serais retourné chez le notaire ; pour m'acheter une ferme.

*

La lumière dégringolait des lustres de cristal et arrosait d'étincelles les joyaux des femmes et la noirceur des smokings. La rumeur feutrée des propos ineptes emplissait la pièce et se mêlait à la fumée comme une brume provisoire.

Cet aquarium était le mien et ces poissons mes hôtes. Henri y trônait comme une énorme murène. C'était lui le grand prêtre du rite. Je n'en étais que l'organisatrice, transparente comme un fantasme en habit d'apparat. Un miroir me jeta méchamment mon reflet à la figure. Je me vis belle et creuse. Inconsciente et pourtant complice. Et si le monde extérieur faisait irruption dans l'aquarium... Et si la murène n'était pas toute-puissante...

Le téléphone sonna dans le bureau d'Henri. Je le vis se dégager du cercle dans une grande envolée de manches et de cigares. Il traversa le salon comme un navire de haut bord, refoulant ses hôtes dans son sillage comme un remous d'écume. J'avais aimé cette force arrogante...

Je parvins à la porte avant qu'il ne raccroche. Sa dernière phrase tomba comme un couteau :

— Coincez-le, et amenez-le-moi.

Je me suis fondue dans la foule pour éviter le regard d'Henri. Comme si l'intérêt subit que je portais à cette affaire était un début de trahison.

— Alors, ma chère, on espionne son seigneur et maître ?

Agnelot me regardait en souriant, la main posée sur mon épaule en une caresse désinvolte et possessive. Agnelot était un des avocats d'Henri. C'était également une de ces crapules distinguées qui mangent à tous les râteliers pourvu que le foin y soit abondant. En ville, on le prenait pour un homme de gauche. Francmaçon radical et président de l'antenne locale de la Ligue des droits de l'homme. Moi, je savais qu'il considérait l'idéalisme comme la pire des maladies. Nous entretenions une liaison physique et épisodique. J'aimais sa beauté élégante et son cynisme détaché, il aimait mon corps et ma situation matrimoniale.

— ... Toi aussi tu m'espionnes.

— Normal. Tu es mon trait d'union avec le fric de ton mari.

— Tu finiras très mal, Jean-Pierre.

— C'est sûr ! Mais je serai riche avant. Que disait ce cher Henri au téléphone ?

— Oh, j'en sais trop rien. Je n'ai entendu que la fin.

Il me gratifia du sourire candide qu'il réservait d'habitude à ses clients honnêtes.

— Tu devrais être prudente. La seule façon d'être sûr de gagner une course, c'est de changer de cheval au moment où le sien se fatigue.

— Que veux-tu dire ?

Sa main se fit lourde sur mon épaule.

— Donnant, donnant, mon cœur. Il y a trop longtemps que je ne t'ai vue

Je lui ai souri.

— D'accord, salaud. Demain, 5 heures, à l'endroit habituel.

Sa main quitta ma peau, laissant une marque blanche et chaude. Je le vis se diriger vers Henri, toutes dents dehors.

5

J'ai quitté le village avant que les habitants s'éveillent et me portent en triomphe. J'étais venu voler et je me retrouvais avec une bonne action sur les bras. Les vieux notaires ne tremblaient plus en voyant les malfrats et leurs servantes prélevaient une dîme sur le produit des braquages. Si le monde continuait à se déglinguer, l'an 2000 allait valoir le déplacement et j'avais intérêt à me maintenir en forme pour le bouquet final.

Sous mes pieds, la trois-litres défonçait l'ombre. La radio du bord diffusait un rock aux riffs aussi lourds que les nuits de la zone d'où il sortait. Le nom du groupe sonnait comme un couperet, *The Clash*. J'ai imaginé la main du guitariste grimper sur le manche, monstrueuse et blême araignée tapie dans le réseau du larsen. Elle crochait mon plexus et m'inoculait sa rage ; note après note, plan après plan, jusqu'à faire vibrer ma tête au rythme de mes nerfs. L'araignée a lâché la Gibson et a saisi mon flingue, et j'ai tué le notaire dans l'éclat du final.

Ce soir, j'aurais voulu m'appeler Clash.

La sueur inondait ma peau. En attendant, je m'appelais Louis Seize, et parti comme j'étais, j'avais plus de chances de finir sur la veuve que de claquer sous les sunlights. La caisse bouffait les kilomètres dans un silence de tapis volant. La radio s'était mise à jouer un vieux boggie mi-rock mi-country, grassy comme une bouteille de vieux kentucky. Hilare et joufflu, saint Christophe se marrait dans la lumière du tableau de bord. Il avait raison de rigoler, le saint patron des carambolages, la prudence était vraiment la dernière des vertus qui me restait à pratiquer...

Passé Rennes, j'ai piqué vers le centre en évitant le grand axe. Direction Limoges. Ou, plus exactement, un petit bled du même genre que celui que je venais de quitter, Saint-Machin-des-Champs ou quelque chose comme ça. Un petit bled bien propre où le fric prospérait dans la chaleur des traditions, cultivé amoureusement par des notables ventrus et féroces. Le terroir, c'était là qu'était le pognon. Le vrai, le gras, celui qui pionçait dans les coffiots des notaires et des maquignons ; à l'abri des truands blêmes et des fleurs de pavé. Pendant trois ans, Patrick et moi, on avait fait le tour de France du blé mais côté négatif. Du côté de ceux qui regardaient à travers les grilles du château, de ceux qui restaient debout au fond de l'église, le galure à la main et la rogne dans les poings. Les taulards, fallait pas les pousser beaucoup pour qu'ils racontent leur jeunesse bucolique et, dans tous les récits, revenait la même bedaine tendue sous la chaîne de montre en or, les fillettes en capeline et les morveux en falzar anglais. Un vrai supermarché de la cambriole. La province n'avait pas changé depuis Cartouche et Mandrin. Seuls, les truands avaient émigré, qui rôdaient autour des banques comme si elles recelaient autre chose que le pognon abstrait et magnétique des chéquiers et des cartes de crédit. Depuis que les encaisseurs avaient troqué leur maroquin noir contre des fourgons blindés, les prisons étaient pleines de Bonnot décavés, embastillés avant d'avoir pu apercevoir le contenu des forteresses qu'ils avaient prises d'assaut. De ces puits de frustration, nous avions aspiré à une jolie collection de braquages ; tous plus écolos les uns que les autres. Des braquages qui sentaient bon le foin coupé où les flingueurs de l'antigang seraient remplacés par des pandores cirrhotiques au pétard aussi encrassé que leur cervelle. La facilité avec laquelle j'avais raflé le contenu du coffre de Binet me confortait dans cette idée : en un mois de travail assidu, je pouvais ramasser de quoi passer le reste de ma vie à contempler le monde du bon côté ; et si Patrick voulait continuer à se shooter, il pourrait le faire dans des conditions telles que le plus défoncé des empereurs de Chine ressemblerait, en comparaison, au plus sordide des junks de banlieue.

Au bout de trois heures de cavale menée à un train d'enfer, j'ai commencé à chercher un hôtel digne de ma nouvelle fortune. Dans la boîte à gants de la BMW, j'ai dégotté l'accessoire obligé de tout rupin en déplacement, la bible des fines gueules, le Michelin soi-même... Comme disait Charlie, quand on prend ce qu'il y a de mieux, on ne risque pas de se tromper. J'ai trouvé ce qu'il y avait de mieux. Un truc au nom pompeux désigné à l'attention du lecteur par une batterie de pavillons rouges, d'étoiles et d'oiseaux siffleurs. Le tout perdu dans la campagne. Le genre d'établissement propre à abriter les partouzes soyeuses des nouveaux hobereaux. Jamais un poulet ne s'y aventurerait de crainte de tomber sur un député ou un ministre en train de chercher son pantalon dans les fourrés.

L'hôtel était un petit manoir, planqué au fond d'un parc touffu, entouré de hauts murs. La lumière ruisselait sur la façade et jouait avec les ombres des meneaux. Des spots figeaient les bosquets et les massifs de fleurs en un feu d'artifice immobile. Le silence habillait l'ensemble d'une aura d'étrangeté, comme si ce lieu conçu pour le brillant de la fête n'abritait plus désormais que les fantômes de ses fêtards.

Avant de quitter ma voiture, j'ai dissimulé mes dix briques au fond de mon sac. La horde lustrée qui embouteillait les allées était trop belle pour ne pas tenter les loubs du coin ou d'ailleurs.

À l'entrée, un laquais soutaché d'or s'empara de mes valoches ; une blonde à la peau crémeuse me décocha un sourire de crocodile.

— Vous désirez une chambre, monsieur ?

Le ton de sa voix suggérait tous les délices d'Ispahan et de Bangkok réunis mais ses yeux avaient à peu près autant de chaleur que des boutons de bottine.

— Oui, avec salle de bains.

Le sourire diminua d'un bon quart.

— Mais, monsieur, toutes nos chambres comportent une salle de bains.

Manifestement, j'avais gaffé. Même le larbin me regardait comme si j'avais pissé sur les rideaux. Il pourrait toujours se brosser pour le pourliche, l'esclave...

— Ah, bon ! Je croyais qu'à la campagne on se lavait dans des seaux.

Le sourire disparut et avec lui les délices des nuits de Shéhérazade. La voix suave prit des intonations de râpe à fromage.

— Vous séjournerez longtemps à l'hôtel ?...

— Une minute ou une nuit. Je vous dirai ça quand j'aurai vu la chambre.

— Je pense que Monsieur est plus habitué à descendre à l'hôtel de la Gare que dans des établissements de ce genre.

— Écoutez, ma jolie, si vous cessiez de vous comporter comme si le château de Versailles vous appartenait, on gagnerait un temps précieux. Donnez-moi n'importe quelle chambre et dites à votre général d'Empire d'y porter mes bagages.

Elle me jeta un regard polaire et ouvrit son registre.

— Quel nom dois-je inscrire ?...
— Louis Seize, madame. Alors, vous comprendrez que votre petit château...

Ravi de ma sortie et escorté du larbin verdâtre, j'ai gagné mon appartement. Plutôt coquette, la chambre. Moquettée de laine prune et tendue de soie abricot, elle n'avait pas grand-chose à voir avec la turne où j'avais laissé Patrick cuver son *brown sugar*. Le lit avait les dimensions d'un terrain de basket, j'ai vraiment regretté d'être seul à en meubler l'étendue.

Le général d'Empire se tenait au garde-à-vous, entre mes valises.

— Dites-moi, mon général, le restaurant est-il encore ouvert ?
— Oui, monsieur, vous avez tout à fait le temps de vous préparer.

À l'approche du pourboire, sa voix ressemblait à un bonbon de guimauve trempé dans la mélasse. Sa main droite se tendit dans un geste automatique et furtif.

— Balpeau ! mon général. On ne peut pas à la fois se payer ma tête et mes largesses.

Il aurait bien voulu foutre des coups de pied dans mes valises, mais un bref coup d'œil sur ma physionomie dut l'en dissuader car il quitta la chambre à reculons en marmonnant d'indistinctes protestations.

Les tuyauteries étaient d'un silence impressionnant, même la chasse d'eau ne faisait pas plus de bruit que le murmure feutré d'une conversation mondaine. Sacré privilège que de ne jamais entendre pisser ses voisins...

La salle à manger ressemblait à un bobinard français du XVIIIe siècle vu par le plus ringard des metteurs en scène hollywoodiens. Le plafond dégoulinait de cristal et le décorateur avait dû obtenir un sacré rabais sur les satins rouges. Il en avait mis partout. Le maître d'hôtel avait la gueule de Christopher Lee, agrémentée d'un sourire à la Peter Lorre. Pas vraiment ragoûtant. La carte en rajoutait encore dans le débile prétentieux. Impossible de reconnaître la bouffe dans ce dédale pompeux de métaphores.

Ce putain d'hôtel sentait le cadavre. Autour de moi les macchabs picoraient avec des bruits de succion distingués. Les bonnes femmes ressemblaient à des arbres de Noël et les mecs veillaient sur leur bijouterie avec des airs de propriétaires.

Le maître d'hôtel se tenait au garde-à-vous, le stylo prêt à frapper.

— Apportez-moi deux sandwiches et deux bières. Dans ma chambre !

Ma chambre était éclairée alors que j'avais éteint la lumière. Mais cinq années de cabane avaient dû pas mal émousser mes réflexes. Je suis entré quand même. Les deux types assis aux deux extrémités de la pièce couvraient toute sa longueur. Ils tenaient négligemment leur pétard entre leurs jambes, mi-pendant mi-tendu, comme un pénis à l'heure de la décision. Pas vraiment menaçants, juste vigilants. Ils n'étaient manifestement pas là pour me tuer, du moins pas tout de suite. Je connaissais bien celui de gauche. Un facho assez minable qui traînait dans tous les avatars d'« Occident » depuis une dizaine d'années. Il travaillait avec un promoteur quelques mois avant mon arrestation. Son boulot : intimider les locataires d'immeubles vétustes pour les obliger à déménager. À force de patience, j'ai pu persuader une de ses victimes de porter plainte et le soir même, je l'ai piqué en flagrant délit. Je ne me faisais aucune illusion sur le temps qu'il passerait en cabane. En fait, il n'y resta qu'une nuit, son patron le fit libérer dans la matinée. Mais l'œil torve qu'il me lançait, caressant son flingue, me persuada qu'il n'avait pas oublié cette nuit. Même après cinq ans...

— Salut, flicard !

Le bout de son pétard tremblait d'énervement.

— Salut, connard... T'as pris du galon, on dirait. On t'a filé un pétard à la place de ton manche de pioche...

— Fous-lui la paix, Seize...

Le deuxième porte-flingue faisait dans le genre massif-placide. Une bonne gueule d'Arcan à la Lino Ventura.

— ... Il peut pas t'encadrer et c'est un impulsif.

Il s'est levé et m'a piqué mon flingue en douceur. En pro. Drôle de paire. Un nazillon colérique et un malfrat paisible. Et moi aussi désarmé qu'une tortue sur le dos. J'avais intérêt à m'affûter les synapses si je voulais continuer à survivre.

Gandolfo tripotait son pétard en roulant des yeux comme une star du muet. Je commençais à devenir nerveux. Ce dingue était tout à fait capable de me flinguer par inadvertance. Je me suis tourné vers l'Arcan.

— Qu'est-ce qu'on fait maintenant ?

— Tu prends ta valoche et tu nous suis.

— Où ?

— Devine... Pour un ancien flic, ça devrait être facile.

Trop facile même. Ce paquet d'emmerdes arrivait de Nice. Comme ce ringard de Gandolfo.

— Et qui vous paye pour ça ?

— Tu le sauras bientôt ! T'as juste qu'à rester vivant.

Ça tombait bien. C'était précisément une de mes occupations favorites. Finalement, ce merdier était moins noir que je l'avais craint. Sauf complications. Mais des complications, je n'avais pas la moindre intention d'en faire. Pas avant de connaître celui qui m'aimait tant.

— C'est d'accord, je vous suis...

J'ai attrapé ma valise.

— ... Mais dis à ton copain de ranger son flingue, sinon à la moindre alerte, ça va être Dunkerque.

Le malfrat me jeta un coup d'œil approbateur. Il me plaisait bien, ce mastard. À l'occasion, il pourrait même faire un allié potable.

— Il a raison. Range ton flingue, Gandolfo...

Il se tourna vers moi.

— ... Quant à toi, si tu bouges une oreille, je t'allume.

Son .38 avait une trop sale gueule pour que je songe à discuter. On est sortis de la chambre, en cortège, aussi désinvoltes que des croque-morts en service. À l'entrée le regard de la blonde ne s'était pas réchauffé.

— Monsieur nous quitte déjà ?

— Ouais, trop propre pour moi, votre turne !

Le parc s'enfonçait doucement dans la nuit. L'hôtel y flottait comme un navire sans amarre.

Mes deux anges me firent grimper dans une voiture look 80, tout en plastique et tissu synthétique. Le malfrat m'installa sur le siège avant et menotta ma main droite à la poignée de la porte. Il sortit une bouteille de scotch de la boîte à gants et la posa entre nous deux.

— Tu peux m'appeler Albert et boire autant que tu voudras.

Il démarra en souplesse. La bagnole glissait dans l'ombre et le silence. De ma main libre, j'ai allumé la radio du bord. Coltrane se mit à souffler dans son sax, un mélange de velours et de feu... J'ai pêché dans ma poche un morceau du shit que Patrick m'avait donné et l'ai fait passer avec une grande rasade de scotch. Quand ce mélange arriva à destination, le voyage me sembla moins long et mes questions moins amères.

*

La taulière m'ouvrit la porte. Son éternel sourire salace flottait sur son visage ridé, comme un préservatif dans un champ d'épandage.

— Monsieur est déjà arrivé. Il est dans la chambre.

Agnelot m'attendait sur le lit. Il était nu et buvait du champagne. Son sexe reposait sur sa cuisse comme le flingue du héros dans les westerns que je voyais au patronage du jeudi après-midi. Il me regarda entrer. Un sourire fat dansait légèrement sur ses lèvres pleines. Il leva sa coupe en signe de bienvenue.

— Salut, Rastignac !

Son sourire s'estompa.

— Pourquoi Rastignac ?

— Parce qu'il n'y a plus que les jeunes gens ambitieux mais d'origine modeste qui boivent du champagne avant de faire l'amour l'après-midi.

— Ah ! Et que font les autres ?

— Les pauvres travaillent. Les riches ne baisent jamais l'après-midi ; ou alors uniquement dans leur voiture. Tu ne seras jamais chic, Jean-Pierre.

— Je le serai quand je serai riche !

Il m'attira sur le lit. Ses lèvres sur mon visage, sa main sous ma jupe et le sexe en balancier de métronome. Je me suis dégagée gentiment.

— Donnant, donnant, mon cœur ; explique-moi d'abord la parabole du cheval de course.

Il soupira longuement et couvrit pudiquement sa déconvenue d'un drap de satin rose.

— Il y a deux jours, j'ai dîné avec le juge Pagès.

Pagès était un vieux juge fasciste, rescapé des brigades spéciales recrutées par le gouvernement de Vichy pour refiler de la chair fraîche aux nazis en mal de représailles. Officiellement, Agnelot lui menait une guerre sans merci. Officieusement, ils croquaient tous les deux dans la main d'Henri.

— En cachette, je suppose.

— Bien sûr ! Dans les salons particuliers du Two for Two, une boîte à partouzes qui appartient à un certain Raffaëli. Tu connais ?

— La boîte, non. Mais le nom du propriétaire me dit quelque chose. Un promoteur, non ?

— Tout à fait exact. Un promoteur. Comme Henri...

— Continue...

— C'est tout. Acosta devient vieux. Il a laissé Raffaëli s'installer. Dans ce monde les erreurs de jugement pardonnent rarement...

— Et toi, tu t'arranges pour ne pas en commettre.

— J'essaie.

— Comment est-il, Raffaëli ?

— Tu ne le croiras jamais, ma chère. Il est pédé comme un phoque.

Je me suis levée et j'ai gagné la porte. Le

sourire de Jean-Pierre tombait aux commissures.

— Tu seras un vieillard répugnant, Jean-Pierre. Mais rassure-toi, tu seras riche.

Le mistral se levait, chassant les nuages vers l'Italie. L'air de la ville semblait être au diapason des limousines qui se traînaient sur la Promenade comme d'arrogants et vains rapaces.

Henri était dans son bain. Il avait disposé sur le lit les insignes de sa fragile autorité : chemise blanche, escarpins et smoking noir rehaussé au revers du trait rouge de la Légion d'honneur. Sa voix me parvenait assourdie par les vapeurs du sauna. Il semblait qu'elle fût déjà presque éteinte.

— ... Je sais, je sais. Quelques salauds essayent de me lâcher. Mais j'ai maintenant de quoi les faire marcher droit.

— ...

— Ça, c'est mon secret. Sachez seulement que c'est un dur. Un de ceux qui ne se laissent pas acheter.

— ...

— C'est cela même. D'autant plus incorruptible qu'il ne travaillera pas pour moi de son plein gré.

Pauvre Henri. Je savais maintenant qu'Agnelot avait raison et j'en éprouvais une peine étrange. Comme si le spectacle de sa faiblesse éveillait en moi un ersatz d'amour que sa force avait tué. Il fallait que je sache qui était cet incorruptible et ce que serait son rôle.

6

Quand je me suis réveillé, la bagnole quittait l'autoroute pour piquer sur la baie des Anges. J'avais les paupières collées et mon cerveau fonctionnait avec l'aisance d'une fourmi dans une assiette de potage. Derrière, Gandolfo ronflait, la bouche ouverte. J'ai sifflé une grande rasade de scotch et mes larmes ont décollé mes paupières. Il faisait beau. Typiquement beau. Après cinq ans de placard, je me retrouvais au départ. J'avais quitté Nice, menottes aux mains, encadré par deux flics ; j'y retournais menottes aux mains, gardé par deux malfrats... Derrière moi, Gandolfo loupa un ronflement et se réveilla dans un grand bruit de tuyauterie.

— On arrive, constata-t-il.

La bagnole traversait Le Cros de Cagnes. Ma défonce se diluait doucement. Un litre ou deux de café m'auraient certainement aidé à faire fonctionner la pâte grisâtre qui clapotait entre mes oreilles. J'y renonçai et m'abîmai dans la contemplation des prémices de la ville. La bagnole longeait maintenant l'aéroport et ses palmiers plastifiés. Un foutu paquet d'ordures, la radieuse cité azuréenne... En fait de ville, je n'en connaissais vraiment qu'une et je me suis vaguement demandé si les autres étaient aussi pourries que la mienne. Probablement... Encore que le soleil et le pognon aient sans doute accéléré les choses. La première chose que j'avais vue, il y a plus de dix ans, c'était les palissades qu'on installait autour des bidonvilles pour les soustraire à la vue des touristes. Je m'étais alors juré d'abattre toutes les palissades de la ville. Un serment aussi débile que l'adolescent attardé qui l'avait prononcé.

La voiture pénétra dans la ville, s'engagea dans Cimiez et roula vers les collines. Ça n'avait rien d'étonnant. On grimpait vers le fric, le vrai, le massif... Celui qui tenait la ville.

Albert et Gandolfo n'avaient pas échangé une parole depuis qu'on avait quitté l'hôtel.

— Oh ! Albert, tu fais toujours équipe avec ce minable ?

D'un geste du menton, j'ai désigné Gandolfo vautré sur la banquette arrière.

— Cherche pas d'histoires, mon pote, on est presque arrivés. Quand tu auras vu le patron, tu en sauras autant que moi.

— Et qui c'est, ton patron ?

— Attends cinq minutes. Ça te fera une surprise.

— J'aime pas les surprises.

— Moi non plus, mon pote. J'en ai horreur !

J'ai lampé une autre gorgée de scotch et j'ai réussi à l'avaler malgré l'avis contraire de mon estomac. Je me sentais crado ; en quinze heures je n'avais rien avalé d'autre que cette boulette de libanais et un quart de litre de whisky. Pas vraiment l'état idéal pour affronter mon admirateur anonyme.

Albert a arrêté la voiture devant un portail en fer forgé. Un mec en costard gris et leggings noirs est venu nous ouvrir. Le chauffeur sans doute. Quoique à sa gueule et à sa façon d'écarter les bras en marchant, je lui aurais donné d'autres attributions.

La villa était une grosse pâtisserie de pur style 1900. Blanche, massive et gavée de décorations de stuc qui dégoulinaient sur la façade comme un surplus de chantilly avariée. Devant le perron, une Jag bleu nuit se faisait bichonner par un balèze en tee-shirt blanc. Un macaron en tachait le pare-brise.

— Dis donc, Albert, il serait pas un peu député, ton patron ?

Le malfrat m'a jeté un regard dégoûté.

— Tu peux descendre, on est arrivés.

Je suis descendu de voiture et je suis resté planté auprès de la portière, attendant qu'Albert m'en détache. L'air sentait bon et, pour la première fois depuis longtemps, le soleil chauffait mes os. Le parc semblait sortir tout droit d'un roman de Chandler. Fleuri, multicolore malgré la saison, son charme paraissait cacher un monde de meurtre et de poison. Je commençais à me faire une idée assez précise de mon ravisseur et des intentions qui l'animaient. J'étais prêt à parier les dix briques du notaire breton qu'on allait chercher à me faire reprendre du service. Tout à fait officieusement cette fois, un genre de flic-conseil... Sans doute pour un boulot assez crado si j'en jugeais par les méthodes employées.

Albert me détacha et m'entraîna vers le perron. Mes pas crissaient dans l'allée gravillonnée. Tout le reste était silence. Le hall de la villa avait le charme intime d'une grande gare de province. On y avait calé un petit bureau en plein milieu, comme pour filtrer les entrées. Au premier coup d'œil, j'ai reconnu le préposé Guy Banck, dit « le Branque » — à cause de ses qualités d'équilibre émotionnel et sa propension à cogner sur tout ce qui se mouvait à gauche de l'aile droite de Chirac. Même pedigree que Gandolfo en moins abruti. Presque un idéologue en fait. En 1968 il avait fait publier — par quel éditeur ? — une plaquette théorique néo-fasciste d'un niveau à peine supérieur aux pires vaticinations hitlériennes. Ça avait suffi pour lui donner une petite auréole d'intello. On l'avait vu rôder de temps à autre dans les salons du pouvoir niçois. Un genre de nouveau philosophe, quoi ! À l'époque de ma grande foi policière, j'avais essayé plusieurs fois de le coincer pour des délits aussi divers qu'agression à main armée, vol de voitures, incendie volontaire, extorsion de fonds avec menaces de mort et proxénétisme hôtelier. À chaque fois il se marrait ouvertement et me balançait des alibis tellement bidons qu'ils auraient fait tordre un gendarme débutant...

On s'est dévisagés un instant. Il n'avait pas l'air ravi par ma présence.

— Dis donc, le Branque, t'as pas l'air content de me voir, on dirait ?

— Quand le patron en aura fini avec toi, on aura une petite explication tous les deux. À mains nues...

Banck était un fana des arts martiaux et la seule façon dont j'aurais voulu m'expliquer avec lui, c'était à dix mètres et mon Magnum en main.

— D'accord, Branque, quand tu voudras. Demande un rendez-vous à mon secrétaire et je verrai ce que je peux faire pour toi.

Il avait eu un sourire. Un sourire méchant, tordu. Je me retournai vers Albert.

— Ça te gêne pas trop de travailler avec cette bande d'échappés de Nuremberg...

Albert déboucla les menottes et les mit dans sa poche. Le Branque me fixait toujours, son foutu sourire commençait à me filer sérieusement les jetons. Albert aussi était mal à l'aise.

— Tu parles trop, Seize, beaucoup trop !

Il se tourna vers Banck :

— Tu as dit au patron qu'on était là ?

— Je lui ai dit...

Il me dévisageait toujours.

— ... Seize, tu es un foutu enculé de gauchiste et je me suis juré d'avoir ta peau. N'oublie jamais ça. Quoi qu'il arrive, n'oublie jamais.

Il avait dit ça d'une voix unie, sans excitation ni colère. Comme s'il m'avait débité le bulletin météo.

Il s'est levé et m'a fait signe de le suivre. Albert m'a accroché l'épaule en chuchotant :

— Tue-le, mon pote. Mais fais vite. Lui ne te loupera pas !

Le Branque ne pouvait pas avoir entendu, pourtant il se retourna.

— Toi aussi tu parles trop, Albert...

Banck ouvrit la porte et s'effaça pour me laisser entrer. Il referma et se carra dans l'embrasure. Dans ses mains, le .45 avait l'air d'un jouet. La pièce était grande et ruisselait de la lumière du matin. Les fleurs du parc envahissaient les fenêtres d'éclaboussures impressionnistes. Le reste était sombre et plutôt ringard. Les meubles semblaient sortis de l'univers crapoteux d'une obscure salle des ventes de province et les tableaux encrassaient les murs de réalisme huileux.

Barrant toute la largeur, un bureau de la dimension et de la grâce d'une portion d'autoroute, le maître de maison se tenait derrière. Même après cinq ans, je n'eus aucun mal à reconnaître Henri Acosta. À en juger par la taille de son bureau, ses affaires ne marchaient pas trop mal. Et le macaron sur sa voiture semblait indiquer qu'il avait su trouver des appuis solides. Lui aussi, j'avais essayé de le coincer à l'époque. J'avais retrouvé sa trace dans tout ce qui se faisait de crado sur la Côte. Traite des blanches et trafic de drogue compris. Mais il était déjà intouchable, et son mariage avec la fille d'une des plus vieilles familles de la ville n'avait pas arrangé les choses.

Il s'était légèrement empâté depuis la dernière fois que je l'avais vu, mais c'était resté un sacré balèze. Il devait me rendre une vingtaine de kilos et dix bons centimètres, et derrière son affabilité bon genre se cachait une férocité de tigre psychopathe. Il était habillé d'un costard de flanelle grise et d'une chemise en soie sauvage dont le col s'ouvrait sur une luxuriance pileuse poivre et sel. Le prix de l'ensemble devait largement dépasser mon budget vestimentaire de toute une année.

Son visage bronzé se plissait dans un immense sourire de bienvenue. C'était à croire qu'il n'avait pu supporter de ne plus me voir pendant ces cinq ans. Il s'avança vers moi et me tendit une main capable de broyer un poteau télégraphique.

— Comment allez-vous, cher ami ? Avez-vous fait bon voyage ?

J'ai laissé la main tendue dans le vide. Le sourire ne diminua pas.

— Oui, je sais, vous trouvez sans doute que la méthode employée pour vous faire venir est quelque peu cavalière. Mais entre nous, cher ami, seriez-vous venu si je vous l'avais simplement demandé ?

— Arrêtez ça, Acosta. Je vous préfère nettement en chef de gang qu'en salonnard mielleux. Alors, cessez de m'appeler cher ami !

Il remisa son battoir dans la flanelle. Le sourire ne disparut pas mais se fit nettement plus carnassier.

— Vous n'avez pas changé, Seize ! Toujours agressif. Vous n'allez sans doute pas me croire, mais vous m'avez manqué. Nous sommes faits pour nous entendre, je le sais depuis le jour de votre arrestation. Nous sommes du même monde, nous fonctionnons d'après les mêmes valeurs. J'ai besoin de vous et vous avez besoin de moi. Vous n'allez quand même pas vous cantonner toute votre vie dans des coups aussi minables que celui du notaire ! Vous valez mieux que ça !

— Vous devenez sentimental, Acosta. Chez une crapule de votre acabit, c'est un signe certain de sénilité. Ne me dites pas que vous m'avez fait cueillir par vos deux larbins pour pouvoir me faire la cour à votre aise, je ne vous croirais pas. Alors, arrêtez votre guimauve, je ne suis pas de votre bande, mon vieux, et si un jour, ça devait m'arriver, je demanderais au premier poids lourd venu de me rouler sur la tronche. De plus j'ai autant envie de travailler avec vous que de rouler une pelle à une vipère cornue. Alors, dites-moi plutôt comment vous comptez m'y contraindre. On gagnerait du temps et vous seriez moins ridicule.

Pour le coup, le sourire s'effaça. L'atmosphère de mondanité aussi. Satisfait de mon intervention, je me laissai tomber dans un des grands fauteuils de cuir qui bordaient l'autoroute.

Derrière moi le Branque grogna :

— Debout, foireux, personne ne t'a autorisé à t'asseoir.

J'ai regardé Acosta en désignant le Branque de mon pouce tendu.

— Débarrassez-moi de lui. Dites-lui donc d'aller fleurir la photo d'Hitler qu'il a dans sa chambre.

— Vous ne croyez pas que vous en faites un peu trop, Seize ?

— Ne dites pas de bêtises, Acosta. Ça fait combien de temps que vous mitonnez votre coup ?... Un an ? Peut-être deux... Vous n'allez pas tout foutre par terre pour sauvegarder la susceptibilité d'un cinglé ?

Dans mon dos le Branque avait bougé. L'adrénaline me péta dans les veines comme un boulet de speed Acosta ouvrit la bouche. Le Branque le coupa :

— Je m'en vais, Henri. Je ne suis pas tellement susceptible, finalement.

Dans un sous-verre, au-dessus du bureau, je vis la porte se refermer. Ma chemise me collait à la peau. Acosta me fixait. Toute bonhomie disparue.

— Pourquoi tu as fait ça ? T'es aussi dingue que lui...

Je commençais à reprendre mon souffle. Ma voix ne chevrotait pas trop.

— Acosta, j'aimerais vraiment pas que tu t'imagines que tu peux tout te permettre avec moi parce que j'ai été cassé de la police et embastillé pendant cinq ans, et que tu m'as fait cueillir par tes malfrats à la sortie d'un braquage. Même dans cette situation je continue à te prendre pour une super merde. Et je te parlerai pas autrement que quand tu m'appelais monsieur le commissaire, quand tu essayais de me refiler ton fric pour que je ferme les yeux sur le fumier que tu brassais. Et ça s'applique à tous les malfaisants dont tu t'entoures. Maintenant, dis-moi comment tu comptes me forcer à travailler pour toi !

Acosta s'était lui aussi calmé. Il décrocha le combiné d'un horrible téléphone velours et cuivre et commanda deux petits déjeuners et une cafetière de café noir. Je commençais à désespérer qu'il le fît jamais.

— Tu vivras certainement pas vieux, Seize ! Mais suffisamment pour moi.

Derrière son grand bureau, il avait l'air d'un camion en rideau.

— Je pourrais te balancer aux flics pour le coup du notaire...

— Ouais, ai-je admis, maintenant il y a ça aussi. Mais ça, c'est trop propre pour toi. Et puis, ton coup était prêt pour ma sortie de taule et tu ne savais pas ce que j'allais faire en sortant.

Il s'est calé dans la bouche un cigare de la taille d'une bûche. Il en faisait des masses, dans le genre grossium.

— Futé comme un poulet, hein ! Il y a aussi ton pote, le camé. Tu crois qu'il résisterait à dix ans de centrale ? Peut-être plus... Les juges sont méchants en ce moment pour les gros trafiquants...

Et voilà. On naît sans famille, on traverse l'existence comme un couteau dans une tranche de lard, et on se fait épingler comme un bébé papillon sur sa première fleur.

— Qu'est ce qui te fait croire que son sort m'intéresse à ce point ? On se connaît peu, tu sais !

— On se connaît un peu, tu sais ! À part lui, personne ne t'a jamais envoyé de cartes postales...

Une minette tout en fesses est entrée dans le bureau. Elle portait un plateau chargé de café, de pain, de beurre et d'œufs au bacon.

Acosta me servit comme s'il recevait un de ses potes.

— Je suppose que ça ne sert à rien de le prévenir.

— Tu peux, ça ne changera rien. En fait, il

est déjà coincé. Si tu coopères, le dossier disparaîtra.

— Dossier bidon, bien sûr.

— Bidon ou non, qu'est-ce que ça change ?

Je me suis mis à me bourrer de café et de nourriture.

— Qu'est-ce que je gagne en plus ?

— Un bon paquet de fric et le moyen d'aller vous faire voir où vous voudrez !

— Et tu ne me donnes aucune garantie de ta bonne foi. En somme, je n'ai plus rien à perdre à te faire confiance.

— Exactement.

Il bouffait comme si chaque bouchée était la dernière. Dehors, le parc s'emplissait du silence du matin. Il fallait que je bousille ce type, ne serait-ce que pour le principe.

— D'accord, Acosta, je travaille pour toi.

— Avec des idées tordues plein la tête, hein ? Tu t'imagines qu'en gagnant du temps tu trouveras le moyen de me blouser. Ne te fais pas d'illusions, Seize. Tu n'es plus commissaire et, si tu disparais, personne ne fouillera les poubelles pour te retrouver.

Son café était divin et ses œufs cuits à point. Je ne voyais aucune raison de le contredire, pour l'instant. Acosta n'aimait pas le silence. Il le rompit :

— Je brasse pas mal d'affaires ici. Dans mes

branches d'activité je suis devenu ce qu'on pourrait appeler un leader. Rien ne se fait sans moi ni contre moi. Et c'est comme ça que ça doit être...

— Que ça devrait être, ai-je rigolé, mais un petit malin s'est mis à picorer ton gâteau.

— Ouais, admit-il, picoré et même un peu plus. Il y a plus de deux ans, un bricoleur s'est amené par ici. Il arrivait de Marseille avec pas mal de blé dans les poches et des contacts chez les hommes d'affaires libanais et iraniens du coin. Il a réussi deux ou trois jolis coups de promotion et a investi ses bénéfices dans le circuit... Tu vois ce que je veux dire... Came, jeu, filles, etc.

— Il est venu bouffer dans ta mangeoire, quoi ?

— Oui, mais au début, ça m'a pas gêné. Le gâteau était assez grand pour deux, d'autant qu'il semblait vouloir se contenter d'une portion assez mince. Et puis, mon mariage et un début de carrière politique assez prometteur m'interdisent de jouer les Capone. Nice n'est pas le Chicago des années 30, une guerre des gangs nous aurait fait beaucoup de mal. Alors j'ai laissé pisser.

Je me suis confectionné une tartine large comme un porte-avions et j'ai commencé à l'engloutir. Je commençais à la trouver marrante, son histoire. D'autant que j'entrevoyais le rôle qu'il voulait m'y faire jouer...

— Et maintenant, tu regrettes...

— Ouais. Les choses ont changé très vite. Sa portion s'est mise à grandir et la mienne à diminuer. Comme si tout à coup la chance avait tourné. Mes cargaisons se faisaient coincer par les douanes ou couler par les garde-côtes. Les siennes arrivaient toujours.

— Il te reste toujours la promotion immobilière...

— Justement de ce côté-là aussi, ça coince. Les coups les plus juteux me filent entre les doigts. Si ça continue, je vais en être réduit à construire des HLM...

Il écrasa son cigare dans un cendrier en cristal taillé. Il avait l'air aussi désemparé qu'un flic sans sa matraque.

— ... Et la promotion immobilière, ça n'a rien à voir avec la chance, c'est de la politique.

— Pourtant, tu m'as l'air en orbite de ce côté-là, non ?

— Pour l'instant, oui... Je suis au conseil municipal et député suppléant. À la prochaine élection, j'aurai la circonscription.

— De quel côté ?

— Celui du manche. Maintenant, si tu veux faire des affaires, il faut prendre sa carte à la Cinquième. Sinon, tu restes un minable.

— Elle a pas l'air de te servir à grand-chose, ta carte.

Ses mains glissaient nerveusement sur la surface du bureau, comme si elles cherchaient quelque chose à tordre, à étrangler.

— Pour arriver jusque-là, j'ai distribué plus de pognon et de cadeaux que ces fumiers de notables pouvaient espérer en gagner en deux cents ans de leur vie crapoteuse. J'ai doté leurs filles, j'ai placé leurs connards de fils à des postes où l'on paye leur incompétence à prix d'or. Je n'admettrais pas qu'un seul de ces pourris me lâche et j'ai de quoi les faire tenir tranquilles...

Il ouvrit un tiroir et prit une grande enveloppe de papier kraft.

— ... Ils sont tous là-dedans. Tous ceux que j'arrose. Tous ceux qui bouffent ma soupe et qui me laissent la merde...

Il me balança l'enveloppe dans les mains. Je la pris, comme j'aurais saisi une poubelle de lendemain de fête.

— Si je comprends bien, tu veux que j'aille faire les ordures pour trouver celui qui s'amuse à te mettre des cailloux dans les godasses... Comment il s'appelle, ton concurrent ?

— Raffaëli.

Je me suis levé. Dehors, un piaf s'était mis à chanter. Il s'égosillait comme un dingue. Ça m'a rappelé un mec que j'avais connu en taule. Il avait tiré cinq ans sans arrêter de siffler ou de chanter et il avait probablement autant de raisons de se réjouir que cet abruti d'oiseau.

Acosta ne chantait pas. Il me faisait vaguement pitié, échoué sur son immense bureau comme un pétrolier sur une plage.

— ... C'est un boulot d'éboueur que tu me demandes. Tu ne manques pourtant pas de personnel, pourquoi ne leur as-tu pas demandé, à eux ?

— Ils sont trop cons.

— Juste bons à cogner et à tuer, hein ? Tu es vraiment un pourri, Acosta. Mais je vais faire ce boulot avec autant de zèle que si tu étais mon meilleur ami. J'ai trop envie de savoir ce qui te fout une telle pétoche.

Il m'a regardé longuement, un sourire satisfait lui barrait la figure. J'ai compris alors qu'il était fini. Ce n'était plus qu'un has been bouffi par l'alcool et le pouvoir. Rien qu'un tas de graisse exhalant ses dernières nuisances.

Ce qu'il lui fallait, c'était un fossoyeur et j'étais prêt à jouer ce rôle. Il ouvrit la bouche pour ajouter quelque chose. Ses yeux étaient pleins de la suffisance du pouvoir retrouvé. Moi, j'avais ma dose. J'ai frappé le bureau du dos de ma main ouverte.

— Rends-moi mon flingue et donne-moi du fric. J'ai aussi besoin d'une voiture.

— Banck te donnera tout ça.

— Parfait. Encore deux précisions. Premièrement, je mène mon enquête comme je l'entends. Deuxièmement, je ne veux pas voir tes hommes m'approcher. Si j'en vois un me tourner autour, je lui démolis les rotules à coups de Magnum. Tâche de ne pas l'oublier. Dans ta situation, il vaut mieux que tes malfrats tiennent debout. Si j'ai besoin de personnel, je l'embaucherai moi-même et je t'enverrai la facture. Ça va comme ça ?

Je me suis dirigé vers la sortie sans attendre la réponse. La porte s'est ouverte avant que j'aie pu saisir la poignée. Je me suis effacé juste à temps pour laisser passer un tourbillon de soie et de parfum. Elle s'est retournée et son regard s'est glissé dans ma tête, diluant fatigue et colère. Ses lèvres ont murmuré ce qui devait être un bonjour. J'aurais voulu dire quelque chose. J'ai simplement refermé la porte. Banck m'attendait dans le hall, son mauvais sourire vissé aux lèvres. Ce tordu me faisait peur et je n'aimais vraiment pas ça.

— Bienvenue dans l'équipe, camarade.

Il ouvrit un tiroir et me tendit mon holster et une grosse enveloppe de papier kraft.

— Voilà tes outils et une avance sur frais. Si j'étais toi, j'irais me fringuer vite fait. Racleux comme tu es, tu n'as aucune chance !

Il jeta un coup d'œil sur la porte que je venais de refermer.

— Ça change des putes, hein, Seize ? Ça fait combien de temps que tu n'as pas vu de vraie femme, cinq ans, six ans, peut-être plus ?... Peut-être qu'avant la taule, tu ne te tapais que des putes, à l'œil en plus. Quand on est flic, c'est facile... non ?

J'ai ramassé mon flingue et l'enveloppe en prenant soin de ne pas le regarder. La colère me bouffait les neurones. Le Branque continua :

— Ce joli petit morceau, c'est la femme d'Acosta. Il en est fou, mais à mon avis, elle ne peut plus le sacquer. C'est pas impossible que tu lui plaises ! Les grandes bourgeoises font volontiers dans le bouseux bolchevique. Ancien flic et taulard de surcroît... T'as le profil, Seize...

Il me regarda en rigolant :

— Allez, viens te choisir une voiture.

Le garage avait les dimensions et le choix d'un parking pour cadres supérieurs. Toutes les pubs automobiles de *L'Express* et du *Nouvel Observateur* étaient rangées dans un silence rutilant. Derrière moi, j'entendis le Branque ricaner :

— Prends ce que tu veux, Seize... Sauf la Jag bleue. C'est celle d'Acosta et il ne supporte pas qu'on lui prenne ses voitures. Il n'aimerait pas beaucoup qu'on lui prenne sa femme...

— J'ai déjà choisi. La DS noire, là-bas.

Banck m'a regardé en souriant :

— T'as du goût, Seize ! Je crois que j'aurais aussi choisi celle-là.

La voiture était une DS 23 à injection électronique. J'avais déjà eu l'occasion d'en conduire une et elle m'avait surpris. Je me suis installé au volant et le Branque s'est accoudé à la portière.

— Tu sais, commissaire, j'ai vraiment envie de te démolir.

Je l'ai regardé pendant que la voiture montait. Il avait l'air de penser ce qu'il disait.

*

Henri était à demi-vautré sur son bureau. Un machin ridiculement grand qu'il avait dû acheter à un promoteur en faillite. Il avait l'air d'une baleine échouée. L'autre type me tenait la porte, il m'a jeté un coup d'œil rapide d'une extraordinaire durée. J'ai cru qu'il allait me parler puis il est sorti en refermant doucement la porte. Je me suis approchée d'Henri.

— Qui est-ce ? Il avait l'air plutôt en rogne.

— Un de mes collaborateurs. Un nouveau.

— Il ne semblait pas précisément disposé à vouloir collaborer.

— C'est pourtant ce qu'il a fini par faire.

— Tu veux dire que tu l'y as contraint ?

Henri me jeta le regard qui devait normalement mettre fin à la conversation.

— Tu désires quelque chose, ma chérie ?

Cette fois, je n'avais pas envie d'obéir à l'œil.

— Pourquoi est-il dans cet état ? Je veux dire mal rasé et habillé comme un punk.

Henri eut l'air surpris. Sans doute n'avais-je jamais été aussi loin dans la rébellion.

— Je ne t'avais jamais vue t'intéresser de si près à un de mes collaborateurs.

Il s'obstinait à appeler ses tueurs des « collaborateurs ». Il me prenait vraiment pour une dinde.

— Sans doute n'en avais-tu jamais eu d'aussi séduisant ?

Son visage se ferma. La situation commençait à m'amuser.

— Invite-le à dîner un de ces soirs. Quand il sera rasé, naturellement.

J'ai fait demi-tour avant qu'Henri puisse répondre. En traversant le hall, j'ai senti le regard de Banck collé à mes jambes.

7

En descendant de Cimiez, mes mains tremblaient encore. Ce salaud de Banck avait des antennes. L'apparition de la femme d'Acosta m'avait fait l'effet d'une caresse, et ce connard de dingue avait tout gâché. Ça faisait un sacré bout de temps que j'avais pas vu de vraie femme et celle-là avait réveillé un vieux désir dont je n'avais aucun besoin en ce moment.

J'ai calé mon flingue entre les deux fauteuils de la DS, caché par une peau de chamois. Je n'étais plus commissaire et certains de mes collègues auraient été ravis de me pincer sans port d'armes. L'air était d'une pureté virginale et le moteur de la tire en chantait les louanges.

Je me suis dirigé vers la Moyenne Corniche. Puisque ma logeuse ne m'avait pas oublié, je n'avais aucune raison de ne pas reprendre mon ancienne chambre. Je lui devais bien ça, à la mère Malaussène. Encore que je me demandais si ma présence était le meilleur moyen de lui prouver ma reconnaissance.

Elle habitait, au 88 de l'avenue du Mont-Alban, une grande villa blanche perdue dans les feuillages des eucalyptus et des lauriers-roses. Après la mort de son mari, elle s'était mise à louer ses chambres en meublé. C'était là que j'avais atterri après ma première nomination à Nice. Pas précisément un piège à minettes mais le ménage était fait tous les jours et les locataires n'étaient pas emmerdants. Des vieux pour la plupart qui venaient chauffer leur carcasse au soleil de la Riviera avant qu'on ne les enfouisse dans leur caveau de famille à Vierzon ou à Tours.

J'y avais caché la solitude un peu hautaine de mes débuts de carrière, puis j'y étais resté par habitude, par flemme.

C'étaient les mêmes motifs qui m'y faisaient retourner. Mme Malaussène n'avait pas changé, comme si l'âge l'avait coulée dans un moule ridé et intangible. Ses cheveux blancs avaient des reflets bleus et ses lunettes de strass lui donnaient l'air d'une touriste californienne. Elle me tendit la main comme si je l'avais quittée la veille.

— Monsieur Seize, j'étais certaine que vous reviendriez !

J'ai pris la main encore potelée, malgré la sécheresse de l'âge.

— Il fallait bien que je vous remercie, madame Malaussène.

— Oh, mais ce n'était rien, une simple question d'honnêteté.

— Justement, vous pouviez penser que mon honnêteté n'était pas aussi rigoureuse que la vôtre. Voler un voleur, beaucoup de gens auraient trouvé ça normal.

— Et ce n'étaient pas des voleurs que vous avez volés ?...

J'ai éclaté de rire et je l'ai serrée dans mes bras.

— Si, madame Malaussène, tout à fait entre nous, c'étaient de sacrés voleurs.

— Alors... Je peux vous redonner votre ancienne chambre. Tout y est resté comme avant.

Tout à fait juste. Tout était vraiment resté comme avant. À se demander pourquoi je m'étais tant agité depuis dix ans. La chambre sentait l'encaustique et la vieille cretonne. Derrière moi, Mme Malaussène attendait mon verdict. Comme il y a dix ans. Je lui ai souri :

— Vous l'avez vraiment gardée comme ça, pendant tout ce temps ?

Elle rosit, prenant ma méprise pour une critique.

— Oh ! non, monsieur Seize, je n'aurais pas... les frais... Vous comprenez ?... Mais le précédent locataire est parti il y a deux jours.

À sa manière de prononcer «partir», je compris que j'allais coucher dans le lit d'un mort.

J'ai balancé mon sac sur le lit sous le regard vitreux d'une bergère XVIIIe.

— Je la prends, madame Malaussène.

Elle me gratifia d'un sourire enamouré et referma la porte.

La déprime commençait à me grignoter les nerfs, j'aurais bien voulu me mettre à pleurer sur mon sort. Je me suis fait couler un bain.

*

La plaque disait : *Antoine Hagoppian. Enquêtes et filatures.* Elle était accrochée à une porte branlante, perdue au fond d'une impasse crasseuse du quartier du port. La porte ouvrait sur une salle d'attente garnie de fauteuils en skaï rouge et crevé ; au milieu, une table basse, modèle Lévitan 52, supportait une pile de journaux de la même époque. Les miroirs pisseux s'ornaient de coulures d'eau rouillée et de vieilles affiches de rencontres de boxe des années 50. J'ai jeté un coup d'œil aux fauteuils avant de décider de ne pas m'asseoir.

— Entrez, madame. Je vous en prie.

La voix venait de derrière une porte verdâtre sur laquelle un carré de matière plastique rouge proclamait : *Bureau*. J'eus l'impression d'entendre l'onctuosité verbale d'un marchand libanais s'apprêtant à vous vendre un morceau authentique du diadème de Cléopâtre.

Je suis entrée. Hagoppian — grand, chauve et très laid — se leva, et cracha adroitement un mégot de cigare dans une corbeille à papiers. Une brioche de buveur de bière tendait le bas de sa chemise et s'étalait au-dessus de la ceinture d'un pantalon désespérément trop petit.

Je m'avançai jusqu'à un fauteuil du même genre que ceux de la salle d'attente sensiblement plus sales.

— Je suis...

— Madame Acosta, termina-t-il. Je vous ai reconnue. D'ailleurs, peut-on vous oublier ?

Il aurait été ridicule si ses yeux avaient bien voulu sourire en même temps que sa bouche. J'ai joué deux ou trois fois des paupières pour lui indiquer que j'avais apprécié le madrigal et me suis assise sur le skaï défoncé. Il s'assit également et planta un cigare entre ses lèvres.

— J'ai besoin de vos services, monsieur Hagoppian. Mais j'aimerais d'abord vous préciser qu'il ne s'agit en aucun cas de divorce ou de quelque autre sorte d'affaire intime.

— C'est heureux, madame. Je ne m'occupe jamais de ce genre de choses...

Le regard se fit nettement plus ironique.

— ... On a, du reste, dû vous le dire.

Je me sentis rougir. Bien sûr qu'on me l'avait dit. Hagoppian était un véritable Bottin de la vie cachée de la ville. Il en vivait mais ne faisait jamais chanter personne. C'était sa manière à lui de se maintenir en vie, personne ne savait réellement ce que contenaient ses dossiers, personne ne pouvait le tuer sans risquer sa chute.

Il téta son cigare et j'assistai, fascinée, à la projection en relief des jeux érotiques d'un congre et d'une méduse.

— Vous ne l'avalez jamais ? ai-je soupiré.

Il me gratifia d'un sourire. Un vrai, celui-là, avec les yeux.

— Vous êtes plus marrante que votre mari, vous. Au fait, pourquoi moi ?

— Parce que vous travaillez déjà pour Acosta. Vous n'avez donc pas besoin de sa reconnaissance. Un autre m'aurait balancée simplement pour avoir le marché.

De nouveau un vrai sourire. Un véritable personnage de conte, cet Hagoppian. Plus je le voyais, moins il me semblait laid. J'eus presque envie de l'embrasser, histoire de voir le crapaud se changer en prince charmant.

— Bien raisonné, apprécia-t-il.

— Alors vous voulez bien travailler pour moi ?

— Ça dépend de ce que vous voulez.

— Des renseignements.
— Sur qui ?
— Sur un type qui vient d'arriver à Nice. Un nommé Louis Seize. Ne riez pas, c'est vraiment son nom.
— Je ne ris pas.
— Le connaissez-vous ?
— Que lui voulez-vous ?
— Ça, c'est mon affaire.

Toute trace de gaieté avait disparu des yeux d'Hagoppian. D'un geste de la langue, il balança son cigare à l'extrémité droite de sa bouche et le fixa solidement entre ses dents étonnamment blanches.

— On vous a mal renseignée, madame Acosta. Voilà trente ans que je vis dans cette ville, comme Job sur son fumier, et je n'ai jamais rien attrapé de plus sérieux qu'une crise d'appendicite. Et savez-vous pourquoi ?... Parce que je n'ai jamais accepté un boulot dont j'ignorais les tenants et les aboutissants. Vous n'êtes pas obligée de me répondre tout de suite. Revenez quand vous voulez, ma boutique est toujours ouverte.

— Bon... J'ignorais que votre profession avait sa déontologie... Louis Seize vient d'arriver à Nice, apparemment embauché par mon mari. En fait, il semble qu'Henri le fasse chanter. Je les ai vus tous les deux ensemble aujourd'hui. C'était Henri qui avait peur. Cet homme m'intrigue, monsieur Hagoppian, je veux savoir qui il est et ce qu'il fait dans l'entourage de mon mari.

— D'accord, je peux vous dire qui il est. Pour le reste, je vous fais confiance, vous trouverez bien toute seule. Mille francs, ça va ?

— Cinq cents seulement. Les renseignements que je vous ai donnés valent bien le reste, non ?

*

— Une reine !

Dans mon assiette, la pizza avait l'air d'une toile d'Arman, en moins appétissant. Le troquet était bourré d'employés pressés qui finissaient de consommer leurs chèques restaurant. Une chaleur d'enfer, la bouffe semblait sortir des containers d'une raffinerie d'hydrocarbures. Aux quatre coins de la salle, des haut-parleurs déversaient les états d'âme de Julio Iglesias. La patronne devait avoir une passion pour l'Hispano, elle nous balançait non-stop l'œuvre complète du grand homme.

Mon bain ne m'avait fait aucun bien, je me sentais toujours aussi crado. Mes vieilles fringues flottaient autour de moi comme le drap d'un fantôme décavé.

J'ai mâchonné un bon quart de carton aromatisé avant de décider que des aigreurs d'estomac n'ajouteraient rien de vraiment positif à mon état général. J'ai commandé un café et un double cognac.

La main qui s'abattit sur mon épaule avait tous les aspects de la cordialité. La voix qui l'accompagnait le démentait.

— De retour au pays, Seize ?

Avant qu'il s'asseye, j'avais déjà reconnu la voix de Roger Catenacci. Un ex-collègue. Précisément, l'un de ceux que j'avais le moins envie de rencontrer. Mes calculs les plus pessimistes se révélaient complètement enfoncés. Je m'étais fait repérer en moins d'une demi-journée.

Catenacci — toujours la même gueule de faux derche ! — s'assit en face de moi et lampa gentiment la moitié de mon cognac.

— Ne te fais pas d'idées, Seize. Suis tombé sur toi par hasard. J'ai bouffé ici, et je t'ai vu en repartant. Tout simplement.

Il me regarda en penchant la tête. Il mâchonnait une allumette en prenant bien soin de me laisser voir ses dents. Ce mec-là avait appris le métier de flic dans la série B.

— Content de te voir, Catenacci. Après tout ce temps, t'es sûrement devenu commissaire.

Le sourire et l'allumette disparurent.

— Ne recommence pas à te foutre de ma gueule, Seize ! Tu sais très bien que je ne deviendrai jamais commissaire. T'as tout fait pour.

Catenacci avait été six mois sous mes ordres. Manque de pot pour lui, c'était à l'époque où je rêvais de démolir les palissades. Alors, je lui avais cassé une petite affaire de proxénétisme hôtelier. Il avait gardé sa place mais ses chances d'avancement étaient devenues aussi ténues que la confiance qu'on lui accordait.

— Là, tu te vantes, mon gros. Ta combine était tellement foireuse que tu aurais bien fini par tomber tout seul...

J'ai profité de sa fureur pour attraper mon verre de cognac et le vider avant qu'il ne le sèche.

Catenacci grimaçait, cherchant désespérément à ressembler à James Cagney.

— Et si tu me disais ce que tu es venu faire à Nice, hein, Seize ?

— Laisse-moi ton adresse, Catenacci, et je te promets de penser à toi si l'envie me prend de faire des confidences à quelqu'un.

J'ai balancé un billet de cinquante balles sur la table et me suis dirigé vers la sortie. Sur le trottoir, Catenacci m'agrippa par l'épaule.

— La prochaine fois que j'te poserai la question, ce sera dans mon bureau et j'te jure que tu ne partiras pas sans m'avoir donné une réponse !

J'ai regardé sa gueule de mité surmonté d'un petit chapeau noir à bords rabattus. Une caricature de flic dans un film de série Z. Il fallait vraiment que je sois noir pour tomber sur cette raclure à ma première sortie. Dans une heure, toute la flicaille niçoise saurait que j'étais revenu.

*

Le troquet s'appelait Chez Marcel. Un rade vraiment pourri coincé entre la Nationale 7 et la voie de chemin de fer du côté de Saint-Augustin. Un de ces quartiers où Nice perd son clinquant et ressemble à n'importe quelle banlieue suburbaine.

La salle puait la vinasse et le tabac froid. Au milieu, deux loubards carambolaient des boules de billard sur un tapis bouffé aux mites. Le reste de la clientèle se déglinguait doucement sous l'effet conjugué de la dope et des riffs acides d'un rock préhistorique.

Derrière son bar, le patron me regarda entrer en astiquant un verre sale pour l'éternité. J'ai commandé un café, ce qui, pour d'obscures raisons, augmenta visiblement sa méfiance à mon égard. Il fit glisser la tasse devant moi et m'examina comme s'il me mettait au défi de la boire. Après avoir longtemps cherché un moyen de faire pénétrer la mixture boueuse dans ma bouche, sans toucher de mes lèvres le bord de la tasse, je renonçai et en vins au but de ma visite.

— Je voudrais voir Patrick...

Le gars posa son verre et se mit à en astiquer un autre aussi opaque que le précédent.

— J'en connais beaucoup, de Patrick...

Le dialogue s'annonçait trapu. J'ai poussé un grand soupir et lui ai décoché un sourire de démarcheur en assurances.

— Celui-là m'a dit que si je voulais le voir, je n'avais qu'à venir ici et demander Patrick.

— Ah ? celui-là...

Il hocha la tête comme s'il venait de comprendre soudain la nature profonde des choses. Pour l'encourager, j'ai hoché moi aussi la tête en cadence.

— Qu'est-ce que vous lui voulez, à Patrick ?
— Le voir.
— ...

Il cracha son mégot dans un cendrier et piqua une autre cigarette dans la poche de sa chemise. Avant qu'il l'allume, elle ressemblait déjà au vieux clop qui l'avait précédée.

— Peut-être qu'il veut pas vous voir, lui.

— Peut-être. Le mieux serait de le lui demander.
— C'est comment votre nom ?
— Seize. Louis Seize.
— Comme le flic ?

Il m'a jeté un regard finaud à travers l'opacité de la chope qu'il fourbissait. Décidément, j'étais aussi incognito qu'une girafe dans une basse-cour.

— Non, comme le roi.
— Moi, des rois, j'en connais aucun. Par contre des poulets, je pourrais vous en citer autant que des marques d'apéro. Plus même, je dirais que dans mon boulot, c'est plus important de reconnaître les flics que les apéros. La preuve...

Il déposa soigneusement son verre dans la poussière d'une étagère.

— ... Notez bien qu'un flic qui braque une boîte de nuit et qui se fait piquer en flag, c'est moins courant qu'un patron de boîte qui braque un flic. C'est une anecdote qu'on n'oublie pas.

— Félicitations pour votre mémoire. Mais maintenant, vous pouvez m'oublier. Je ne suis plus flic du tout.

— Ah ! ils vous ont viré. C'est vache, ça ! Parce que moi, j'en connais qui sont toujours flics et pourtant...

Il laissa sa phrase en suspens comme pour évoquer des océans de turpitude.

— Et... vous faites dans quoi maintenant ?

— Recherche dans l'intérêt des familles...

J'ai fait glisser un billet de cent balles le long du comptoir. Il disparut en laissant juste une petite trace dans la poussière. Le gars me désigna du coin de l'œil une petite porte qui proclamait *Privé* inscrit à l'encre rouge sur l'envers d'un carton d'emballage de bière.

— Pour le café, ça fait deux francs, susurra-t-il avant que je lâche le comptoir.

Je suis entré dans un couloir aussi sombre que mon humeur. À droite, une porte verdâtre faisait ce qu'elle pouvait pour arrêter des senteurs âcres de vieille urine. On y avait inscrit « ici » au marqueur noir. Précaution bien inutile. Il ne serait venu à l'idée de personne d'aller pisser ailleurs. Je me suis engagé prudemment dans un escalier de bois. Une vénérable pièce d'ébénisterie qui devait dater au moins du rattachement de Nice à la France. Le couloir du premier était aussi sombre que celui du bas. Le premier interrupteur que je rencontrai me gratifia d'une châtaigne et je renonçai à faire pénétrer la lumière dans cet antre. La première porte s'ouvrait sur une cuisine sale et vide, la deuxième sur une salle faiblement éclairée d'un lustre verdâtre comme on en voit dans les tripots des westerns hollywoodiens. Sous la lampe, quatre types jouaient au poker dans un silence de cathédrale. À en juger par son état, le tapis vert avait dû servir de terrain d'entraînement à un joueur de billard dyslexique. Absorbés dans leur relance, les joueurs ne m'avaient pas vu. Trois sur quatre m'étaient inconnus. Ils exhibaient une provocante image de marginalité. Barbe et cheveux longs en broussaille sur des visages maigres d'aventuriers de la route. Ils avaient fait l'économie de jetons et les billets entassés sur la table donnaient à la partie une solennité de rite initiatique. La fumée âcre de l'herbe embrumait l'ensemble et commençait à me vasodilater légèrement.

Patrick avait gardé ses Ray-ban, ce qui disait assez la confiance dans laquelle devaient le tenir les trois autres. Il leva la tête et son visage s'épanouit dans un sourire adolescent.

— Je ne t'attendais pas si tôt, curé.

Il se replongea dans son jeu, les trois autres m'effleurèrent d'un regard absent. J'ai tiré une chaise près de la table et mon voisin immédiat me tendit le joint, en me faisant une place.

— C'est mille balles la carre.

J'ai accepté le joint et refusé la place. Patrick fit sommairement les présentations.

— Mon pote, Louis Seize. Flic défroqué et curé militant.

Les trois joueurs accueillirent mon patronyme d'un signe de tête indifférent. Comme si aucune bizarrerie ne pouvait plus les surprendre dans un monde où l'étrange était loi. J'ai regardé la partie, lové dans le bien-être croissant qui m'envahissait. Le temps glissait comme une dimension élémentaire...

La nuit commençait à tomber quand Patrick se leva, étirant son corps mince d'archange de la déglingue. Il resserra frileusement autour de lui les pans de sa capote militaire.

— Allez, mon vieux, on va bouffer.

Les trois autres disparurent, happés par l'ombre du couloir. Juste un salut. Une cordialité instinctive, comme si j'avais toujours fait partie de leur vie.

En bas, la salle s'était remplie. Des jeunes, anonymes, moulés dans leurs jeans, coulés dans leurs santiags, minces et tranchants. L'uniforme gommait leur différence, les faisait tous semblables comme une petite armée à l'ethnie incertaine.

Le temps s'était un peu couvert et il tombait une vague pluie qui, mélangée aux déjections multiples du quartier, rendait le trottoir glissant et l'éclairage vague. Plus loin, entre deux immeubles, on distinguait la chenille lumineuse de la promenade des Anglais.

Une ombre furtive et délavée vint se couler entre Patrick et moi. J'ai continué jusqu'à la voiture, tandis que Patrick et son client glissaient dans une fraction du néant. Le deal fut bref. Patrick se coula à côté de moi.

— Démarre, Lou. Et ne prends pas ton air de confesseur. Filer de la dope aux résidus historiques de la classe ouvrière n'est certainement pas pire que d'avoir essayé d'entraîner les masses sur la voie radieuse du matérialisme historique. Illusion pour illusion, je trouve finalement la défonce plus concrète et moins dangereuse.

— Et ça ne te gêne pas trop qu'ils en crèvent ?

— Oh, si ça me gêne ! Autant que la statistique des accidents pendant les rentrées de week-end. J'oblige personne à m'acheter de la poudre, et quand je perds un client parce qu'il a décroché et s'est branché sur autre chose, je suis ravi et je me dis qu'un jour je trouverai peut-être une raison de décrocher moi aussi. T'as autre chose à me proposer, curé ?

— Ne m'appelle pas curé !

— Alors cesse de te déplacer sur ton échiquier manichéen. La dope n'est qu'une pourriture de plus de ce monde pourri. Rien de plus.

Elle ne tue pas plus que le reste. Et les bourgeois hystériques qui nous accusent d'avoir tué leurs enfants les avaient tués eux-mêmes, bien avant la première prise...

Patrick éclata de rire et sortit de la poche de sa capote une poignée de billets.

— Exorcise-toi, Lou ! Ce soir, je t'invite à un phénoménal gueuleton financé par le jeu et la drogue.

*

Le niveau sonore des conversations baissa d'un ton, et je crus voir certains consommateurs commencer à lever les bras. Le maître d'hôtel s'approcha de nous, l'obséquiosité hésitante. Patrick se débarrassa de sa capote comme s'il s'était agi de la cape d'un habit. Ses jeans semblaient sortir d'une décharge publique, les jambes délavées s'arrêtaient à mi-mollets et laissaient voir une superbe paire de santiags en cuir d'éléphant. Une petite gâterie faite sur mesure lors de son dernier voyage à Bangkok. Subjugué, le maître d'hôtel s'empara du tissu kaki et détrempé. Dans la salle, le niveau des conversations remontait lentement, tandis que certains dîneurs cherchaient encore des yeux nos armes, compléments obligés de notre accoutrement.

L'âge et le revenu moyens des dîneurs semblaient élevés, à la hauteur du standing de l'établissement. Les garçons en spencer immaculé glissaient sur le silence soyeux d'une moquette vénérable. Les conversations parvenaient à peine à couvrir le bruit distingué de l'argent et du cristal. Le maître d'hôtel, pleinement rassuré par l'aisance de Patrick, nous guida vers une table en nous témoignant les égards dus aux riches excentriques que nous étions devenus à ses yeux. Patrick refusa la carte d'un geste blasé.

— Nous prendrons deux douzaines de belons et deux homards Thermidor. Avec un crémant Laurent-Perrier.

Le pingouin disparut, persuadé que le jean était en train de détrôner l'alpaga ou le cachemire pour l'emballage des fesses rupinées.

Juvénile, Patrick me refit le coup du sourire.

— Quand je t'ai vu chez Marcel, j'ai compris qu'il y avait du pet. Mais j'aime mieux encaisser les mauvaises nouvelles devant du champagne et du homard que devant une pression pisseuse et un jambon-beurre rance. Vas-y, dis-moi tout.

— Alors recommande-nous deux homards, ce que j'ai à te dire vaut bien ça... On a Acosta sur le dos.

— Henri Acosta ? Qu'est-ce qu'il nous veut ?

— M'embaucher. À vrai dire, il m'a déjà embauché. Je peux même t'offrir un cognac avec ma première paye. Je cotise pas encore à la Sécurité sociale, mais c'est tout comme !

— Bravo mec ! Pour un curé, tu te défends bien. D'où crois-tu que m'arrive la came ?

— Attends de tout savoir. Tu n'as pas fini d'être étonné. Ses hommes de main m'ont coincé juste après le braquage du notaire. Ce matin, Acosta m'a mis le marché en main. Je travaille pour lui ou tu plonges pour trafic d'héroïne et, incidemment, moi je plonge pour le braquage. Tu as encore faim ?

Patrick réussit à sourire :

— Non, ça commence plutôt à se tasser. Qu'est-ce qui nous empêche de nous tailler ?

— Sans un rond et avec les flics au cul ?...

La pâleur de Patrick me fit mal. Depuis le début, j'avais décidé de ne rien lui dire. De régler ça tout seul, comme avant, mais nos retrouvailles avaient été trop différentes de ce que j'attendais...

— Tu sais, Lou. Je crois que je ne pourrais pas supporter d'y retourner. Pas pour si longtemps...

— Moi non plus, mec. C'est pour ça que je travaille pour Acosta.

— Toi, tu pourrais tenir. Pas moi.

— Tenir ! Et sortir à quel âge ? Vivre vieux toute ma vie ?

J'ai agrippé le bras de Patrick. Sa main tremblait légèrement.

— Écoute-moi, Patrick. Acosta est dans la merde. Le milieu lui échappe et il veut que je débusque les notables qui le larguent. On lui a lâché un jeunot dans les pattes mais il ignore qui tire les ficelles. Moi, je peux le trouver.

— Et tu t'imagines qu'après cela il nous lâchera ?

— Oui ! Parce qu'il y a une chose qu'il ignore encore. C'est qu'il est foutu. Il s'imagine pouvoir remonter la pente en détruisant un petit gang qui, pour l'instant, ne fait que le gêner. Mais il s'agit d'autre chose. Aucun débutant ne s'attaquerait à un caïd comme Acosta s'il n'avait rien d'autre dans sa manche qu'un juge vendu et un commissaire de police à la vertu défraîchie. Quand j'aurai fini mon enquête, Acosta ne pourra plus faire mettre quiconque en prison. Il n'existera plus.

— Et nous ?

— Nous on sera riches. Ou morts.

— J'aimerais mieux riches. Comment comptes-tu t'y prendre ?

— J'en sais encore rien. La routine, comme quand j'étais flic.

J'ai ramené Patrick à Saint-Augustin. Les homards étaient finalement passés. Aidés par une bouteille de champagne supplémentaire et une fine d'un âge et d'une couleur vénérables.

En conduisant pour rentrer chez moi, je me surpris à fredonner *When the saints...* en imitant Armstrong.

8

J'ai ouvert un œil à 6 heures. Le temps de constater l'absence de barreaux à ma fenêtre et je me rendormais dans les langueurs d'une semi-gueule de bois.

Ils sont arrivés à 8 heures.

Je me suis levé pour ouvrir avant que les coups projettent la porte sur mon lit. Catenacci souriait d'un air vachard en mâchonnant son allumette. Je me suis vaguement demandé si c'était la même que la veille.

— Salut, Seize ! On ne te réveille pas, j'espère ?

Il entra dans la chambre suivi d'un gros crado, empaqueté dans un costard tout synthétique couleur d'huile de vidange. Robert Castelli. L'officier de police Castelli. Un pied-noir somnolent qui servait de larbin à tous les services. Honnête par nécessité. Personne n'avait trouvé le moyen de l'acheter, il ne servait à rien. Incorruptible par nullité.

Catenacci suait la joie par tous les pores. Il m'avait concocté un coup bas, il hésitait entre le plaisir de m'annoncer directement la couleur et celui de me faire poireauter. Il en était si con que j'ai préféré regarder ailleurs. Dans l'embrasure de la porte, Mme Malaussène me jetait des regards inquiets.

— Soyez gentille, apportez-nous du café, madame Malaussène, lui ai-je souri.

Catenacci m'a coupé :

— Pas de café. On n'a pas le temps. Allez, Seize, on s'en va tout de suite.

Il sautillait sur place comme un morpion épileptique. Avant de le passer par la fenêtre, je me suis souvenu de ce que j'avais à y perdre.

— Écoute-moi, Catenacci. Je ne sais pas ce que tu mijotes, mais si tu comptes me faire sortir d'ici avant que je me sois rasé et aie pris mon café, tu peux tout de suite appeler du renfort...

Il s'est laissé tomber dans un fauteuil, l'air aussi renfrogné qu'un chimpanzé mimant Bogart.

— Maintenant, dis-moi ce que vous voulez... en admettant que ce tas de graisse soit animé d'une volonté propre.

Le tas de graisse protesta faiblement :

— Charrie pas, Lou. C'est juste le commissaire Pansard qui voudrait te voir.

Frustré de son effet, Catenacci se mit à rouler des yeux menaçants, englobant Castelli et moi dans sa rogne.

— Et il veut te voir tout de suite. Pas dans cinq ans.

Je l'ai laissé trépigner et suis entré dans la salle de bains, prenant bien soin de fermer la porte derrière moi. Le pétard de Catenacci était encore plus mouillé que je ne l'avais pensé. Il n'y avait rien d'étonnant à ce que Pansard veuille me voir. C'était sûrement lui qui avait dit aux deux foireux de venir me chercher ici. Sinon ils seraient encore occupés à passer au peigne fin tous les hôtels de la ville.

Quand je suis sorti, Castelli couvait la cafetière d'œillades enamourées.

— Vous m'excuserez les gars, mais il n'y a qu'une seule tasse.

La petite pluie de la veille avait lavé l'air, et la ville scintillait sous un soleil tout neuf. Ma bonne humeur se maintenait malgré l'envahissante connerie des deux poulets. Catenacci voulut me faire monter dans la 404 noire qui les avait amenés. La trouille que je lui inspirais me mettait en joie et j'en ai rajouté dans le genre coriace.

— Je vous suis en voiture. Je connais les habitudes de la maison et je n'ai pas les moyens de rentrer en taxi.

Je roulais déjà sur la Moyenne Corniche avant qu'ils n'aient pu se dégager du créneau.

Je me suis garé dans un emplacement réservé aux O.P. sous l'œil ébahi d'un vieux planton qui ne savait plus s'il devait me saluer ou m'engueuler.

Le bureau de Pansard sentait le tabac froid. Il était meublé d'un vieux classeur à rideau que je savais parfaitement vide, d'un bureau six tiroirs — tous vides également — et d'un vieux fauteuil pivotant en bois, occupé présentement par les fesses importantes du commissaire divisionnaire.

Pansard avait la gueule matoise d'un fonctionnaire provincial de la IIIe République. Il professait une admiration quelque peu suspecte pour les calendriers PTT, les manches de lustrine et les plumes Sergent-Major. C'était par ailleurs un excellent flic, d'une honnêteté tranquille et fondamentale.

Il m'a regardé entrer, touillant d'un doigt boudiné l'eau d'un verre dans lequel effervesçait son énième Alka-Seltzer de la matinée.

— Je bouffe trop, je bois trop, ma femme

m'emmerde et mes gosses sont si cons qu'ils ne seront jamais foutus d'être fonctionnaires. Quant à cette drogue, j'ai l'impression qu'elle me fait plus de mal que le juliénas que mon frangin me fournit.

D'un coup de pied, il fit surgir de sous son bureau un tabouret gros comme un timbre-poste. Il rigola de mon air surpris.

— C'est mon nouveau truc pour interroger les suspects. Quand ils sont assis sur ce machin, ils n'ont aucune envie de s'éterniser. Assieds-toi, Lou. Qu'est-ce que tu as fait de mes hommes ? Je sais bien que je t'ai envoyé ce que j'avais de plus miteux, mais ça faisait tellement plaisir à Catenacci...

— C'est lui qui t'a dit que j'étais à Nice ?

— Tu parles ! Il était tellement ému que j'ai presque été obligé de lui foutre des baffes pour qu'il parle. En voilà un qui ne t'aime vraiment pas. J'ai peur qu'il ne soit pas le seul.

La porte du bureau s'ouvrit à la volée et Catenacci déboula dans la pièce. Pansard le cueillit avant qu'il ait pu l'ouvrir.

— Tu tombes bien, Roger. Va nous chercher deux cafés.

La porte s'est refermée dans mon dos. J'ai distinctement entendu grincer des dents. D'un coup de poignet, Pansard fit disparaître le contenu du verre. Il me regarda d'un œil malheureux.

— Rien ne vaut la santé, Lou. Tu ne sais pas ce que c'est d'être vieux et malade. Enfin, heureusement que le métier vous réserve des surprises, de temps à autre. Je suis content de te voir, Lou. Surpris mais content.

Il m'a regardé d'un air si bonasse que je n'ai pu m'empêcher d'applaudir.

— Bravo, Pansard. Joli numéro de flic républicain. Si mon siège était plus confortable, je te biserais bien.

— Tu as toujours été un cynique, Lou. Tu ne devrais pas rigoler des beaux sentiments. Toi aussi, tu vieilliras.

— Ça, c'est le premier mot gentil que j'entends depuis que je suis revenu.

— Allons, ne me dis pas que ton copain Patrick ne t'a dit que des méchancetés, cette nuit.

J'ai laissé échapper un sifflement admiratif.

— Bravo, Gros. Ton S.R. marche bien. Qui c'est ? Marcel ?

Un sourire de contentement s'épanouit sur le large visage de Pansard. Il croisa les mains sur sa bedaine comme un chanoine repu.

— Je ne devrais pas te le dire mais c'est bien Marcel. Il m'a aussi tuyauté sur ton pote. Et plus j'y réfléchis plus je me dis que je suis surpris.

Je n'avais pas grand-chose à lui dire. Du reste, je faisais des efforts désespérés pour rester digne, perché sur mon tabouret comme un éléphant de cirque.

— Tu as tort de rire quand je te dis que je t'aime bien. J'ai régulièrement pris de tes nouvelles et je connaissais exactement le jour de ta sortie. J'ai même imaginé tout ce que tu pourrais faire en sortant de prison. Tout se résumait à cela : ramasser un maximum de fric par tous les moyens et filer au diable. Au lieu de ça, tu t'amènes tout droit ici. À Nice. Une ville où tu es plus grillé qu'un tournedos, où flics et truands n'ont qu'une envie, c'est de te balancer dans le Paillon... Tu t'installes tranquillement dans ton ancienne chambre et tu vas faire la bamboula avec un ex-gauchiste, vendeur de drogue et camé jusqu'aux yeux.

— Un copain de taule... fis-je faiblement.

— Des copains de taule, en cinq ans, tu as dû en connaître des tas. Mais c'est précisément celui qui habitait Nice que tu reviens voir. Je suis surpris, Lou. Vraiment surpris.

Le tabouret et la situation commençaient à être franchement inconfortables. Je me suis levé :

— Tu m'excuseras, vieux, mais ton mobilier est vraiment trop dur. Tu as autre chose à me demander ?

— Oui. Qu'est-ce que tu viens foutre à Nice ?

— J'ai rien à te répondre, Gros, et pour l'instant rien ne m'y force.

— C'est vrai, Lou. Mais j'aurais quand même préféré que tes raisons fussent avouables.

Il avait l'air désolé. Mais je ne pouvais vraiment rien pour lui. Comme j'ouvrais la porte, il me lança :

— Ne m'oblige pas à faire mon métier, Seize. Pas contre toi.

Dehors, le planton tournait autour de la DS. L'indécision lui minait la tronche. Mon arrivée mit fin à son combat intérieur.

— Faut pas rester là, monsieur le comm... monsieur Seize. C'est réservé à la police.

— Il n'y a pas de place réservée à la police. Article 1 de la Constitution. « Tous les citoyens sont égaux devant la loi... »

— Devant la loi, c'est bien possible, mais devant la fourrière...

Le gros flic arrêta les voitures pour me permettre de reculer. Il se pencha par la vitre ouverte.

— Ça me fait tout drôle, monsieur Seize, j'ai vraiment cru que vous étiez revenu...

À moi aussi, ça me faisait tout drôle de patauger dans le temps qui refusait de s'écouler, devant ces gens qui s'obstinaient à me traiter comme si je les avais quittés la veille. À croire que ces cinq ans n'avaient existé que pour moi...

Je suis entré dans un bistrot et j'ai appelé Acosta.

— Bonjour, Louis Seize à l'appareil. Je voudrais parler à Acosta...

— Monsieur Seize ! ! ! Portez-vous toujours des pantalons patte d'éléphant et des vestes à revers pointus ?

Malgré moi, j'ai jeté un coup d'œil sur mes godasses aux trois quarts cachées par les deux entonnoirs qui terminaient mon futal.

— J'ai bien peur que oui...

Son rire résonna dans mes oreilles comme si le combiné d'ébonite n'avait jamais existé.

— Si le service de mon mari vous laisse quelques loisirs, je pourrais vous initier aux mystères de la mode.

— Euh... ai-je balbutié intelligemment.

— Disons cet après-midi vers 16 heures. Au bar du Negresco. Ça vous va ?

J'avais le sentiment de me faire emballer comme le dernier des lycéens boutonneux et ce sentiment n'avait rien de désagréable. J'ai malgré tout opposé une résistance de principe.

— Cet après-midi ? Ce n'est pas un peu tôt ?
— C'est même trop tard. Attifé comme vous l'êtes, vous êtes aussi voyant qu'un furoncle sur une reine de beauté et j'ai dans l'idée que ce n'est pas précisément le but que vous recherchez...

Elle laissa la fin de sa phrase en l'air, comme si elle attendait une réponse imminente.

— Vous cherchez à m'habiller ou à me cuisiner ?
— Le fait est que vous m'intriguez, monsieur Seize. Alors à cet après-midi.
— 16 heures, au bar du Negresco, j'y serai.
— Moi aussi... Je vous passe mon mari.

Dans le silence qui s'installa, les menaces du Branque me revinrent en mémoire. Cette saloperie de dingue aurait dû être voyante...

— Seize ?...
— Dis-moi, Acosta, je croyais que tu étais le caïd dans cette ville.
— Qu'est-ce que c'est que ces salades ? Accouche.
— Ce matin, Catenacci et Castelli sont venus me piquer au saut du lit. Ils m'ont mené tout droit chez Pansard...
— Qu'est-ce qu'il voulait ?
— Rien de particulier. Mon retour l'intrigue

et c'est normal. Il en intriguera bien d'autres. Ce que je veux, c'est que tu me débarrasses de Catenacci, ce con ne pense qu'à me renvoyer en cabane.

— Facile, c'est moi qui le paye...

— Justement. Moi, je suis payé pour me méfier des gens que tu payes. Débrouille-toi pour lui faire comprendre que, dans l'état actuel des choses, tu peux avoir besoin de moi. Que tu me gardes en réserve sans que je le sache...

— Tu penses qu'il est passé de l'autre côté ?

— Je pense que tous les gens que tu payes sont susceptibles de te lâcher, s'ils trouvent quelqu'un d'autre pour les payer.

— Tous ?

Il marqua un temps d'arrêt. Cet imbécile me faisait presque pitié. Quand un gangster commence à vouloir être aimé, généralement la succession est proche.

— Tu t'occuperas de Catenacci ?

— Je m'en occupe. Qu'est-ce que t'a raconté ma femme ?

— Tu ne me croiras jamais, ai-je rigolé. On a parlé chiffons...

Pendant une heure, je me suis baladé sur la Promenade. Le soleil me faisait du bien. J'en avais presque oublié le goût. J'étais tout excité de l'intérêt que me portait la femme d'Acosta. Excité et inquiet. Le Branque était bien capable de faire capoter la combine de son patron pour le seul plaisir de me buter. Il fallait que je m'occupe de ce mec avant qu'il ait le loisir de s'occuper de moi. Il fallait aussi que je me débrouille pour me tirer de ce merdier, sans trop de bobo si possible.

9

J'ai garé la DS sur un trottoir en bas du boulevard de la Madeleine. Le bistrot de Luis était toujours là. Noir et cradingue comme le poil de son propriétaire. La salle sentait l'huile brûlée et la vieille crevette. Derrière son bar, Luis préparait la paella. Il la faisait très mal mais la vendait si peu chère qu'elle est devenue le plat du jour le plus couru de Nice, une sorte de must pour tous les fauchés du coin.

Luis avait rappliqué en France tout de suite après la guerre d'Espagne. Il avait ensuite posé des bombes et tendu des embuscades avec la branche la plus radicale des résistants communistes et avait finalement échoué à Nice où ses talents de serrurier en avaient fait un redoutable monte-en-l'air. La fréquentation des fourgues et des caïds l'avait dégoûté rapidement du milieu et il avait acheté ce bar, véritable providence de tous les zonards et autres marjos qui traversaient Nice sur le départ ou sur le retour de la route du soleil et de la misère.

Luis était un clandestin-né. Il avait aidé la moitié du fichier d'Interpol et jamais les flics n'avaient pu le pincer pour autre chose que la fabrication de l'immonde absinthe qu'il concoctait dans son arrière-cuisine. C'est en essayant de le coincer que j'étais devenu son copain.

Il m'a regardé entrer. Son regard bleu coulait à travers la broussaille de ses sourcils. Le délabrement du troquet s'était notoirement aggravé. L'odeur du graillon semblait s'être accrochée définitivement aux murs, comme une peinture invisible et tenace.

— Dingue ! ai-je murmuré, l'Hygiène n'a pas encore bouclé ce trou à rats.

— Le jour où l'Hygiène me boucle, la préfecture saute. Et la mairie avec.

La voix de Luis semblait sortir directement d'un sac de boulons catalans. Il poussa vers moi une bouteille de tio-pepe et un verre.

— J'ai appris que tu étais sorti. Je ne t'attendais pas si tôt.

Luis avait des amis dans toutes les prisons du pays et d'ailleurs. Il en connaissait les effectifs aussi bien que l'Administration elle-même. Un véritable Chaix des mouvements carcéraux.

— Difficile de rester longtemps loin de ta cuisine, ai-je rigolé. Certains soirs de déprime, l'odeur m'en arrivait jusque dans ma cellule.

— Tu peux te marrer, connard. En attendant, cherche donc un restaurant dans Nice qui affiche complet midi et soir tous les jours de la semaine. Même les rupins viendraient bouffer ma paella si je les laissais faire.

Le restaurant commençait à ressembler à la salle des pas perdus de la gare d'Amsterdam, en plus folklo. Un vrai synode de zonards. Dans le tas, les quelques prolos de l'usine de caravanes faisaient figure d'aristos.

— La crise économique me profite, continua Luis. Je suis même obligé de baisser mes prix pour ne pas rouler en Mercedes.

— Qu'est-ce que tu fous de tout ton fric ?

— Je l'investis, mon pote. La chienlit me fait vivre. J'aide la chienlit à vivre. C'est ça le capitalisme !

Un sourire éclatant éclaira sa face noire. Il poussa devant moi une assiette de pâtée jaune et rouge.

— Mange. C'est la maison qui régale. Après cinq ans de cabane ton estomac doit être comme neuf. Profites-en.

La première bouchée me flanqua littéralement le feu aux tripes. Le verre de tio-pepe que je jetai dessus n'arrangea pas précisément les choses. J'ai quand même terminé mon assiette et la bouteille. Finalement, c'était meilleur que sur la zone piétonne.

Luis revint vers moi. La salle se vidait peu à peu. Nous fûmes bientôt quasiment seuls dans le puissant remugle de graillon, de safran et de piment rouge.

— Comment te sens-tu, *hombre* ? me dit Luis.

— Comme un volcan avant l'éruption, mais ça pourrait être pire.

Luis fit glisser devant moi une tasse de café, un truc épais, fort et brûlant. Il me couvait de son œil rond et noir.

— Alors ? fit-il au bout d'un long silence.
— Alors quoi ?
— Qu'est-ce que tu fous ici ?
— Je travaille, mon petit père. Acosta m'a offert du boulot et j'ai accepté.

J'aurais gerbé ma paella sur les genoux de Luis qu'il n'aurait pas été plus dégoûté.

— Acosta ! grogna-t-il, tu aurais mieux fait de rester flic ; c'était moins dégueulasse. Qu'est-ce qui te prend de rouler pour cette ordure ?

— Peux pas faire autrement...
— On peut toujours faire autrement, émit-il, sentencieux.
— Écrase, avec ta morale anarcho-populaire.

Je ne peux pas faire autrement. Acosta me tient par les couilles et pour l'instant je ne sais pas comment le faire lâcher.

Le visage noiraud de Luis se plissa dans ce qui s'approchait le plus d'un sourire.

— Tes couilles, elles s'appelleraient pas Patrick par hasard ? Un junk grassois qui partageait ta cellule à la Santé...

Il se mit à rire de mon air effaré.

— ... Un vrai roman d'amour. Seize le coriace virant sa cuti pour un junk famélique. Paraît qu'il t'a même écrit des cartes postales.

— On devait se barrer ensemble après une série de petits braquages. Les hommes d'Acosta m'ont piqué à la sortie du premier. Le marché est simple, si je ne bosse pas pour lui, Acosta me balance pour le braquage et fait plonger Patrick pour trafic massif de came. Avec ses antécédents, c'est quinze ans à la clé.

— Faut se méfier des camés... resentencia Luis.

— Dis, l'Espingoin, te crois pas obligé de me resservir ta morale libertaire. Il y a des camés pourris et des pas pourris. Et basta sur le sujet.

Luis marmonna quelques jurons en espagnol et se tourna pour attraper une autre bouteille de tio-pepe. Je n'avais pas vu passer la première. Je me servis un grand verre et l'avalai d'un long trait de glotte. Je ne voulais pas me mettre en colère, surtout pas contre Luis.

— Excuse-moi, *compañero*. Tu vois, j'aime toujours aussi peu les conseils.

— *De nada, amigo*. Y a pas plus stalinien qu'un anar vieillissant !

Nous scellâmes notre paix retrouvée par l'absorption silencieuse de la moitié de la bouteille de xérès.

— À propos d'Acosta, t'as pas entendu parler d'un mec qui chercherait à lui piquer ses billes ? Un jeunot qui viendrait de Marseille...

Luis alluma un de ces petits cigares italiens longs, noirs et tordus. Un truc aussi odorant qu'un champ de compost. Il me regarda longuement, la tête nimbée d'un halo de fumée bleuâtre.

— Alors, c'est vrai... Antoine Raffaëli chercherait bien à vider Acosta.

— Tu le connais ?

— Pas plus qu'Acosta. Mais je sais qui c'est. Il est arrivé à Nice il y a deux ou trois ans, du blé plein les poches et une réputation sans tache. Il a raflé une jolie quantité de terrains et s'est mis à construire du social. Accession à la propriété des couches les moins favorisées, logements spacieux et loyers modérés. Jusque-là, rien que de très classique. Et puis on s'est aperçu que ses réalisations ressemblaient à ses publicités. Le mec faisait vraiment du beau pas cher. Du coup, le bon peuple et ses représentants patentés se sont mis à le porter aux nues. Ces connards de cégétistes ont fait le tour des chantiers de l'Interco pour prêcher la paix sociale à leurs délégués pendant que d'autres plantaient la merde chez les autres promoteurs. Raffaëli était devenu la ligne de clivage de la lutte des classes. La gauche tenait enfin son bon capitalo. Une aubaine. D'autant que le bon capitalo s'est mis à financer ouvertement les campagnes électorales socialo-communistes. Sa seule exigence étant qu'elles fussent unitaires. Et nos bons apôtres d'écraser une larme furtive... Moralité : Raffaëli est devenu le plus gros promoteur de la région et le petit chouchou de la gauche niçoise. Ça, c'est le côté face du personnage...

Luis répartit équitablement le reste de la bouteille dans nos deux verres et en attrapa une troisième. Ma vue commençait à se brouiller légèrement et ma langue à prendre un poids tout à fait anormal.

— Et le côté pile, comment l'as-tu découvert ? ai-je graillonné.

Luis se fendit d'un sourire carnassier.

— Un jour, deux types se présentent chez moi. Des balèzes sapés plutôt voyant, avec un accent marseillais à couper au couteau. Ils bouffent, picolent jusqu'à ce que la salle soit vide. Au moment de payer, le plus costaud se dirige vers moi pendant que l'autre va faire le pet à la porte d'entrée : « Vilareca, tu as un joli bar et une clientèle choisie, me dit le balèze, mon patron aimerait bien que tu écoules ses produits. Alors, si tu veux me croire, accepte bien gentiment, d'autant qu'on connaît tout de toi, passé et présent. » Moi, toujours poli, je lui réponds que ça dépendait des produits qu'il fallait écouler. « Quels produits peuvent bien intéresser les déchets qui peuplent ta cambuse ? » Moi, je lui réponds que des déchets, j'en ai jamais tant vu que depuis qu'ils sont entrés dans mon restau et que ça commençait à bien faire, vu que je venais de balayer. En même temps j'ai sorti de sous le comptoir mon vieux Lüger, celui que j'ai piqué à un capitaine de la légion Condor, en 1936. « Les gars, je leur ai dit, si vous connaissez mon passé, vous devez savoir où j'ai appris à me servir de ce truc-là. »

Luis s'interrompit pour siffler son verre et rallumer son cigare.

— Ah, Lou ! Si tu les avais vus calter. Un vrai bonheur ! Le soir même ils revenaient. Méchants comme des teignes et armés jusqu'aux dents. Cette fois-ci je les attendais. À l'époque j'avais en pension trois Chiliens, des anars qui arrivaient tout droit des maquis urbains. On a gaulé les deux gus au moment où ils passaient la porte.

— Mes potes en ont interrogé un pendant que l'autre regardait. Ils ont craché le nom de leur patron en même temps.

— Et c'était Raffaëli, ai-je complété finement.

— Exact, mon pote. C'était Raffaëli. Je lui ai renvoyé ses deux gars avec un message. Il a dû comprendre car il ne m'a plus jamais envoyé personne.

— Dis-moi, Luis. Ils sont toujours là, tes anars chiliens ?

— Non, mais j'en ai d'autres aussi efficaces. Passe donc un soir après la fermeture. Je te présenterai Spino.

10

Le bar du Negresco était quasiment vide. Je n'eus aucun mal à repérer son absence... Retard ou lapin ? Mon orgueil ne saurait se satisfaire du lapin, en revanche mon état général l'aurait tout à fait admis. Le tio-pepe me pilonnait le crâne et la paella se frayait doucement un chemin à travers mes muqueuses en feu.

J'ai commandé un bloody mary et deux aspirines et suis parti soigner ma cuite au fond d'un fauteuil club. Même bourré je n'arrivais pas à trouver intelligente l'idée de sortir avec la femme d'Acosta. À la réflexion, c'était même l'idée la plus stupide qui me soit passée par l'esprit depuis bien longtemps.

Je me levais pour partir, quand elle entra. Elle se dirigea vers moi avec la grâce et la détermination d'un voilier glissant dans la brise.

— Vous partiez ? sourit-elle. Si vous ne supportez pas les femmes en retard, vous risquez de finir bien seul.

Elle était encore plus belle que dans mon souvenir. Plus jeune aussi. La robe qu'elle portait semblait couler autour de ses formes comme l'eau d'une cascade. Elle se laissa glisser dans le fauteuil qui me faisait face. Bêtement, je me rassis.

— J'ai craint d'avoir rêvé notre rendez-vous.

Elle battit des cils d'un air approbateur.

— Vous êtes plus galant que votre air coriace ne pouvait le laisser prévoir. Dites-moi, pourquoi vous apprêtiez-vous à fuir ?

— La peur d'un mari jaloux peut-être...

— Vous pensez réellement que ma présence ici a de quoi rendre mon mari jaloux ? Seriez-vous fat, monsieur Seize ?

— J'oubliais. Vous ne recherchez que mon élégance.

Elle éclata de rire, découvrant des dents de perle.

— C'est vrai que sur ce plan vous semblez avoir besoin d'une aide sérieuse et compétente. Il n'y a donc aucune femme dans votre vie ?

— Vous êtes la seule qui se soit jamais intéressée à l'emballage.

Ma remarque lui déplut. Les perles disparurent.

— N'allez pas vous méprendre. Je n'ai pas l'intention de vous demander de vous déshabiller.

— Ça va. Oubliez ce que j'ai dit. On ne peut pas être spirituel à tous les coups.

Les perles étincelèrent un bref instant dans le carmin de ses lèvres. J'avais une envie folle de l'embrasser. J'ai fini mon verre à petits coups appliqués. Peu à peu, la salle s'était emplie. Des rombières touillaient leurs *cups of tea*. Des vieux messieurs distingués se beurraient au Pur Malt. Et moi je me traitais mentalement de connard pour m'être laissé attirer dans cette antichambre de la morgue, à cause d'une souris qui se payait ma tête et que je ne baiserais probablement jamais.

Ses doigts effleurèrent ma main.

— Vous m'en voulez ?

— Moi ? Mais de quoi grand Dieu ! ai-je menti.

— De tout ça, de cet endroit idiot, de cette conversation acide, de cette situation fausse où ma coquetterie nous a mis.

— Je suis venu tout seul, vous savez.

— *Muy macho*, hein ? La vérité c'est que j'avais envie de vous connaître. De savoir ce qu'un homme comme vous faisait dans l'entourage de mon mari.

Je lui ai dédié mon rictus le plus vache.

— Que savez-vous d'un homme comme moi ?

— Suffisamment de choses pour être intriguée. Vous vous appelez Louis Seize, ce qui sent l'Assistance publique à cent lieues. Vous êtes entré dans la police par idéal, pour démolir ceux qui prennent le pays pour leur jardin. Vous avez vite déchanté et vous vous êtes mis à chasser pour votre compte. Ça vous a coûté cinq ans de votre vie et le reste de vos illusions. À peine sorti de prison, vous revenez à Nice et vous entrez au service de ceux que vous avez combattus toute votre vie. Ça vous suffit ou je dois ajouter des détails plus intimes ?

— C'est votre mari qui vous a raconté tout ça ?

— Lui ? Il s'imagine que je crois qu'il n'est qu'un honnête promoteur. J'ai suivi votre procès il y a cinq ans et votre avocat était un ami de mon père.

— Mon avocat aurait dû vous expliquer que les possibilités de reclassement d'un flic sortant de taule étaient aussi minces que ses chances de tuer un éléphant à main nue. Votre mari me paye, madame Acosta ; le moins que je puisse faire est de travailler pour lui et, à tout prendre, il n'est pas plus voleur que mon précédent employeur.

Elle me regardait en lissant sa robe comme un chat se lèche. Rien ne pouvait être plus séduisant ni plus dangereux.

— Je ne vous crois pas, monsieur Seize.

— Ça m'est parfaitement égal, madame Acosta.

Elle me sourit.

— Vous me plaisez, Lou.

— Est-ce que vous aimez votre mari ?

Son rire fusa à nouveau à travers la friandise nacrée de sa bouche.

— Voilà bien la seule question que je ne me suis jamais posée à son sujet.

— C'est pourtant la seule que je me poserais avant d'épouser quelqu'un.

*

J'ai regardé sa voiture s'éloigner en agitant la main, comme une midinette sur le quai d'une gare.

Elle avait tenu parole. J'étais maintenant sapé comme Lord Brummel soi-même. Tout cuir et pure laine. Une vraie gravure de mode.

D'un troquet j'ai appelé Patrick à son Q.G.

— Ouais, Marcel à l'appareil.
— Salut. Patrick est là ?
— Qui le demande ?
— Sa tante.
— Ah, c'est vous ! Vous m'en voulez pas trop pour Pansard ?
— Faut bien que tout le monde vive.
— Vous l'avez dit. Et garder mon troquet ouvert avec la faune qui y zone, c'est pas du tout cuit. Dites, commissaire, allez pas dire à tout le monde que j'en croque, ce serait mauvais pour le commerce.
— Je ne suis plus commissaire.
— Quand on est flic un jour... Je vous passe Patrick.

À côté de moi, un poivrot délirait gentiment sur les prochaines présidentielles. La barmaid fit glisser vers moi un ballon de cognac et un sourire. La vie me semblait tiède.

— Lou ?
— Tu es libre ce soir ?
— Je viens de me faire griller cent sacs au

poker et la suite s'annonce plutôt maussade. Qu'est-ce que tu proposes ?

— Tu connais le bar de Luis en bas de la Madeleine ?

— L'anar ?

— Ouais, l'anar. Retrouve-moi là-bas vers 11 heures. Le troquet sera fermé. Frappe trois coups aux volets.

— Dois-je enfiler mon manteau couleur de muraille ?...

— ... Et te méfier des spadassins.

J'ai raccroché, sifflé mon cognac et rendu son sourire à la serveuse.

*

La plaque disait :

RÉMI DALMASSO. OFF. POL.

J'étais bien certain que Rémi habitait toujours au même endroit. Son appartement, il l'avait acheté le jour de son premier salaire d'inspecteur. Vingt ans de crédit. Quand on a vingt-cinq ans, faut pas mollir sur la perspective d'avenir. Comme pousse-au-labeur, on n'a jamais fait mieux, et question boulot, Dalmasso n'a jamais faibli. Flic et dirigeant syndical de gauche. Il aurait voulu se filer des coups de pied au cul qu'il ne s'y serait pas pris autrement. Et pour pousser définitivement la porte il avait fait trois mouflets, coup sur coup, à sa femme.

On avait débuté ensemble au SRPJ. Moi comme commissaire, lui comme OP, on allait aux réunions du PSU, en rasant les murs pour ne pas se faire repérer par les collègues des RG et on se faisait battre froid par les copains militants qui nous prenaient avant tout pour des flics. C'est beau d'être jeune... À cette époque, on s'était fait mutuellement le serment solennel d'abattre Acosta et de rendre sa race stérile. J'avais l'impression que lui y travaillait toujours. J'ai délibérément ignoré le bouton de sonnette et j'ai grimpé sans m'annoncer. L'immeuble sentait la soupe au chou et l'encaustique. C'était une vieille maison niçoise du quartier des musiciens. Tout en stuc rococo et cariatides fessues. L'ascenseur me cahota jusqu'au quatrième. Dalmasso vint ouvrir, le journal à la main. Il était en charentaises et avait gardé sa cravate défaite sous une vieille veste en shetland aussi trouée que le regard mité qu'il me lança. Si j'avais pris cinq ans, lui en avait ramassé quinze.

Il s'est effacé devant la porte.

— Entre, Lou. Je t'attendais...

— Je me doute que la boîte ne parle que de moi depuis ce matin.

Il eut un sourire aigu. Un reste du Rémi que j'avais connu.

— Pas que de toi, mais on en parle...

On s'est embrassés ; il m'a fait entrer dans un salon immense aussi dépouillé qu'une cathédrale. Des bouquins tapissaient tout un pan de mur. Au milieu, un canapé de velours et deux fauteuils vomissaient leurs coussins. Un rak intégral JVC et une pile de disques faisaient face à la bibliothèque. Je me sentis un peu mal à l'aise, dans ce décor de jeune prof fauché de la fin des années 60. C'était pour éviter ce confort las et nostalgique que j'avais choisi d'habiter en meublé.

Sa femme est entrée. Elle m'a jeté un regard curieux et alarmé, comme si ma présence était susceptible de briser quelque vieux pacte essentiel et oublié.

Elle aussi m'a embrassé mais en y mettant toute la raideur de la crainte.

— Tu n'as pas changé, me dit-elle en mordant ses lèvres comme pour rattraper sa banalité.

— Toi non plus. Et les enfants ?

De nouveau ses yeux se voilèrent.

— Ils sont couchés. L'école, tu comprends...

Non, je ne comprenais pas. Je n'avais ni parents ni enfants. J'ai acquiescé quand même d'un air entendu.

— Mais ils vont bien. Nous parlons souvent de toi à ton filleul.

Ça commençait à faire vraiment roman de Delly.

— Non, ce n'est pas vrai et tu as raison de ne pas le faire. Mais c'était gentil de me le dire.

Elle rosit et détourna les yeux.

— Rémi, sers à boire à Lou. Je vais chercher de la glace.

Je me suis assis dans un fauteuil. Rémi me sourit d'un air contracté.

— Tu lui as toujours fait peur, Lou.

— Et à toi, aussi, je te fais peur ?

— Plus maintenant, je suis trop vieux.

Il a sorti d'une vieille malle une bouteille de Glen Fiddish. Ses doigts laissèrent des traces dans la poussière qui recouvrait les verres. Il ne devait pas prendre souvent l'air, le Pur Malt. Il les remplit dans un silence pesant. Anne posa les glaçons sur la table et disparut dans la cuisine. Sans un regard.

— Où tu en es de l'affaire Acosta ?

— Au même point qu'à ton départ.

— Tu as laissé tomber.

— Tu as oublié le métier, Lou. Un flic ne laisse jamais tomber une affaire. Il attend qu'elle évolue.

— Et elle évolue ?

— Il semble puisque tu es là.

Il but une longue lampée de scotch et me jeta un regard froid. Un regard de flic.

— Archinucci est passé à mon bureau, juste avant 7 heures. Il m'a dit que tu étais revenu, ce que je savais déjà. Il m'a aussi annoncé que tu travaillais pour Acosta... Je l'ignorais et ça a eu l'air de lui faire foutrement plaisir.

— Archinucci est une ordure, mais il a raison. J'allais t'en parler.

— Je vois mal ce qu'on pourrait en dire.

Il arborait le sourire inquisiteur du poulet syndiqué. Un de ces numéros qui me foutait le plus en rogne.

— Fais pas ton étroite, Rémi. Pas avec moi. Je ne peux pas faire autrement. Tu le sais très bien.

— On peut toujours faire autrement.

— On me l'a déjà dit, ce matin. Mais cette fois-là, c'était un anar qui banalisait. Décidément, la théorie ça met de l'ombre sur les neurones.

— Il te paie, oui ou non ?

— Et toi, qui est-ce qui te paie, connard ? Ils sont plus reluisants, tes patrons ?

— L'État a quand même plus de légitimité qu'un chef de gang, non ?

— L'État est un chef de gang. Ça t'a pas sauté aux yeux depuis dix ans que tu fais ce métier de con ?

— Pas l'État, Lou, ceux qui en ont provisoirement la charge.

Je me suis senti sombrer dans le déjà vu crapoteux des conversations de café.

— Ouais, je sais. Même en taule, on parlait du grand espoir des prochaines présidentielles. Tu sais comment ça finit la social-démo ? Dans les usines allemandes ou les stades du Chili. Schmidt ou Pinochet, t'as le choix.

— Tu proposes quoi, toi ?

— Rien, c'est pas mon affaire. Mais certainement pas de supprimer les riches. Le pognon tu le trouveras où, après ?

Dalmasso me sourit derrière la fumée de sa pipe.

— Complètement anar, hein ?

— Non, Rémi, pour ça aussi, c'est trop tard. Un anar ne serait jamais devenu flic, alors qu'un socialo, ça peut devenir commissaire politique ou agent du KGB.

— C'est un vieux débat, Lou. Nous ne le réglerons pas ce soir.

Il bourra sa pipe dans le silence nocturne qui commençait à envahir l'appartement.

— Qu'est-ce que tu me veux ?

Il avait l'air vieux et las. J'étais venu pour rien. Dalmasso ne serait plus jamais de mon monde.

— On peut coincer Acosta. Pas comme on

avait rêvé de le faire, il y a dix ans, mais d'une façon beaucoup plus efficace et définitive.

— Ah ! oui ? Comment ?

— Raffaëli, ça te dit quelque chose ?

De nouveau, l'œil du flic.

— Le promoteur !

— Non, pas le promoteur, le truand, le chef de gang comme tu dis.

— Rien ne prouve que Raffaëli soit un truand, au contraire. Il s'agit de calomnies généreusement répandues par la droite pour discréditer un homme qui n'a pas honte de financer les campagnes des partis de gauche.

— Tu parles comme *L'Huma*, maintenant ?

— Je te répète qu'il n'y a aucune preuve contre Raffaëli !

Il s'était animé. L'indignation le soulevait de son fauteuil.

— Il n'y avait pas de preuves il y a dix ans quand Acosta a commencé sa pelote. Il n'y en a toujours pas d'ailleurs.

— Je refuse de te suivre, Lou. Raffaëli est un honnête homme et toi, tu te comportes comme n'importe lequel des voyous qui nous gouvernent. La lutte politique pour le contrôle de l'État est une lutte légitime, et calomnier les hommes qui participent à cette lutte — fût-ce avec leur argent — est une attitude réactionnaire.

Là, il commençait à me les gonfler sérieusement, le Dalmasso. Les litanies dialectiques, j'avais un peu passé l'âge.

— Laisse tomber, Rémi. T'as raison, je suis réac jusqu'au trognon et j'ai pas l'impression que ça va changer demain. Mais je vais quand même te dire un truc, histoire que tu meures pas idiot. Ton Raffaëli, c'est tellement un truand qu'Acosta me paie pour le dégommer. Il lui fait de l'ombre. Et pour faire de l'ombre à Acosta, faut pas être sacristain de la paroisse, quelle que soit la paroisse.

Ça lui a fait un effet bœuf, à Dalmasso. Il m'a regardé comme si j'étais la réincarnation du Grand Satan. J'ai profité de sa stupeur pour lui lancer d'un ton innocent :

— À propos, à ton avis, qui est le notable le plus véreux de notre belle cité ?

— Le juge Pagès.

Comme ça, machinalement, comme une évidence.

— C'est bien ce que je pensais. Salut, collègue. Sans rancune. J'espère qu'ils nous colleront dans le même stade.

Anne m'attendait à la porte.

— Laisse-le, Lou, et laisse-nous. Tu n'es pas comme lui... La vie est trop dure. Ses idées ont suffisamment fait de mal à sa carrière. Nous aussi, on aimerait bien profiter de la vie.

— Il fallait qu'il y pense avant d'avoir des idées. Les idées et les faits, c'est jamais compatible.

Le vent d'est s'était levé et obscurcissait l'horizon. Dans l'ombre d'une porte un travelo resserrait frileusement sa fourrure acrylique. L'air était froid, métallique.

*

Henri m'attendait au salon. Il buvait, la bouteille de bourbon était déjà sérieusement entamée. Je me versai un verre et m'assis en face de lui en croisant haut les jambes.

— C'est les putes qui s'assoient comme ça.
— C'est les putes que tu baises.

La colère et l'alcool marquaient son front de traces blêmes et violines.

— D'où viens-tu ?
— C'est une question ou un interrogatoire ?
— Ce que tu voudras, ça m'est égal.
— Alors, je le prends comme une question. J'étais en ville avec un de tes collaborateurs. Nous avons pris un verre au bar du Negresco puis je l'ai aidé à s'habiller. Normal pour une femme de patron, non ?
— Seize ?

— Il s'agissait bien de M. Seize. Un homme assez fascinant, je dois dire.

— Je n'aime pas que tu t'affiches en ville avec n'importe qui.

— Tu aurais parfaitement raison si je m'affichais et si c'était n'importe qui.

— Nathalie, ne me cherche pas. Puisqu'il faut que j'insiste, sache que je t'interdis de rencontrer Seize en privé.

J'ai décroisé mes jambes en faisant crisser mes bas.

— Henri, mon ami, je pense que tu t'égares. Tu n'as rien à m'interdire. Notre mariage est un marché. Rien de plus. Il t'a permis d'acquérir la légitimité qui te manquait pour briguer la députation. Je ne t'ai rien promis d'autre et surtout pas amour et fidélité.

— Je me moque de ta fidélité. Si tu veux des amants, prends-les chez les gens dont tu es issue. Seize travaille pour moi et tu n'as rien à faire avec mes employés. De plus, c'est un homme dangereux.

— Là, je t'approuve, mon cœur, c'est certainement un homme dangereux et je ne pense pas qu'employé soit le terme qui lui convienne le mieux.

Il soupira et je crus assister à la mort d'une montgolfière.

— Excuse-moi, c'est vrai, je n'ai rien à t'interdire, mais ne complique pas les choses. Je serais vraiment heureux que tu ne voies plus cet homme. Tu ne peux pas comprendre mais c'est important pour mes affaires.

Finalement, je l'aimais mieux en colère. Il avait l'air aussi malheureux qu'un requin sans dents. Je me suis levée et l'ai embrassé sur le front.

— De toute manière, mon chéri, qu'est-ce qu'une femme comprend aux affaires...

Banck rôdait dans le hall. Le vent d'est se levait. La nuit devenait grise.

11

J'ai dîné d'un sandwich et d'une bière au bar du Prado. Le barman tournicotait autour de moi, cherchant visiblement à mettre un nom sur ma tronche. À côté, une pute bourrée me dévoilait ses porte-jarretelles. J'ai offert un blanc sec au barman et un cognac à la fille, ils m'ont momentanément lâché la grappe. L'entrevue avec Dalmasso et sa femme m'avait miné le moral. Raffaëli pouvait vivre tranquille, c'était pas demain que les poulets honnêtes lui pourriraient la vie. Les autres, il les payait. Périsse la République pourvu que les principes demeurent. Il faudrait quand même que quelqu'un, un jour, sorte les poissons pour changer l'eau de l'aquarium. J'ai ouvert l'enveloppe d'Acosta. Le juge Pagès figurait en tête de liste. En regard de son nom, la totalité des sommes qui lui avaient été versées et les services rendus en retour. Essentiellement des non-lieux rendus, dans des affaires diverses, pour les hommes d'Acosta. Je connaissais certaines de ses affaires. Dalmasso et moi avions bossé comme des dingues pour en faire inculper les auteurs. Pendant ce temps, le juge Pagès se faisait une réputation de fermeté auprès des Dupont-la-Joie en matraquant férocement les loubards et les faisans isolés qui lui tombaient dans les pattes.

La fille avait fini son cognac. Le regard plus embué que jamais, elle remontait sa jupe en dévoilant sa culotte. Son visage était empreint de la curieuse jeunesse des adultes privés d'enfance. Tendre et dur, comme une étreinte sans illusion. J'ai failli me faire emmener, anonyme miché dans l'océan de ses caresses.

Au moment où je partais, le barman s'est décidé :

— Dites, vous jouiez pas au Rugby Club niçois, il y a cinq ans ?

— Bien sûr que si. C'était moi le goal !

La pluie commençait à tomber. La ville luisait sous ses baisers. Le juge Pagès habitait un vieil hôtel particulier, à côté de l'abbaye de Cimiez. La porte du jardin n'était pas fermée à clef. Je me suis avancé jusqu'à la porte d'entrée. Je l'ai frappée d'un poing massif. La vieille qui vint m'ouvrir ressemblait à Germaine en plus revêche. Elle glissa un regard méchant entre l'embrasure et la porte coincée par une chaîne d'acier chromée.

— Qu'est-ce que c'est ?
— La police, madame. Il faut que je voie monsieur le juge.

Domptée par l'évocation de l'Ordre, elle fit glisser la chaîne dans son logement.

— Entrez, je vais vous annoncer.
— Pas la peine. Dites-moi seulement où est son bureau.

Je suis entré en la coinçant d'un coup de hanche vicieux entre la porte et le mur. Elle hoqueta et jeta un regard apeuré sur une grande porte d'où filtrait un rai de lumière. Avant qu'elle ait pu reprendre son souffle, je pénétrai dans le bureau du juge.

Il me faisait face, ratatiné derrière un bureau Empire aussi raide qu'un compte rendu d'audience. Son regard trahit la surprise, la peur, puis enfin la ruse.

— Rassurez-vous, juge. Je ne suis pas un condamné en quête de vengeance. Ceux que vous matraquez n'ont pas les moyens de descendre un juge.

— Je vous ai reconnu. D'ailleurs, on m'a dit que vous étiez revenu.

C'est beau, la gloire. Un peu encombrant mais beau quand même.

La porte s'est entrebâillée et la vieille fit apparaître un visage furibond et inquiet. D'un geste impatient, le juge la renvoya à ses fourneaux. Il me regarda de l'air d'un maquignon estimant un cheval pourri.

— Qu'est-ce que vous voulez ? Que je vous fasse réintégrer ?

— Vous le pourriez ?

Il eut un sourire méprisant.

— Nous avons assez à faire pour débarrasser la police de ses brebis galeuses. Je ne vois pas l'intérêt de faire réintégrer la plus galeuse de toutes.

— Vous avez raison, Votre Honneur. De toute façon, entre les brebis et les loups, j'ai choisi les loups. Comme vous.

— J'avoue que je vois mal ce qui nous rapproche.

— Notre employeur, par exemple. Acosta vous paie, il me paie aussi. Ça crée des liens, non ?

Je me suis laissé tomber dans un fauteuil. Sur

une table basse une carafe en cristal taillé proposait ce qui semblait être un vieil armagnac hors d'âge. J'ai empli deux verres et en ai poussé un vers le juge.

— Vous êtes tout pâle, Votre Honneur. Notre nouvelle intimité vous serait-elle insupportable ?

— Je ne comprends rien à ce que vous dites. Seul l'État me paie. Personne d'autre.

— C'est vrai, vous avez deux patrons. Mais avouez que c'est Acosta qui paie le mieux.

Il couina faiblement et roula des yeux inquiets et furieux comme un rat dans une nasse.

— N'ayez pas peur, je n'ai aucun désir de changer l'ordre des choses. Vous êtes un magistrat pourri, je suis un flic défroqué qui s'assoit au banquet. Rien ne nous sépare plus. Même pas l'idée que nous nous faisons l'un de l'autre.

— Que me voulez-vous ?

— La situation change à Nice. Acosta est inquiet. Il ne voudrait pas que ses amis le lâchent avant la grande bagarre.

— La grande bagarre ?

Maté, le juge avait l'air aussi vif qu'un yaourt renversé. Je me pris à regretter le notaire. Il avait plus de classe. J'ai bu une gorgée d'armagnac et j'ai poussé mon pion.

— Raffaëli prend trop de place. Il faudra

bien que quelqu'un l'arrête. Acosta pense que je peux.

— Mais je ne comprends pas. Acosta n'a jamais fait obstacle à l'installation de Raffaëli.

Et voilà ! Je l'avais, ma confirmation. Tout guilleret, j'ai enfoncé le clou :

— Raffaëli en a trop fait et Acosta n'est pas du genre partageux. Les affaires sont trop difficiles pour que l'on puisse se contenter d'un morceau de gâteau. Acosta et Raffaëli le savent tous les deux, le reste est une question de rapport de forces.

— Et moi, dans tout ça ?

— Vous ? Vous restez aux ordres et vous continuez à palper à la sortie. Veillez simplement à rester sourd aux chants des sirènes, vous êtes trop vieux pour jouer à pile ou face.

La bombe était amorcée. Dans la demi-heure qui allait suivre, tout Nice saurait que je travaillais pour Acosta et que je m'apprêtais à mener la guerre sainte... Tout Nice, surtout Raffaëli.

Il ne me restait qu'à prendre congé, ce que je fis avec une exquise politesse.

*

La pluie tombait plus fort, le vent la plaquait sur les murs blancs et roses des maisons de

Cimiez. J'ai traversé la ville et son silence mouillé.

En bas de la Madeleine, les loubards se serraient frileusement sous les porches, couvant d'un œil enamouré leurs bécanes ruisselantes. J'ai frappé trois coups aux volets de Luis qui vint m'ouvrir, rigolard, un début de cuite flottant vaguement dans son regard. Patrick était déjà là. Il enfournait vaillamment une énorme platée de paella qu'il faisait passer en avalant le contenu d'une carafe de lait où flottaient des bananes. Un vieux pick-up diffusait les plans lourds d'une ballade de Lou Reed. *Hey Baby, take a walk on the wild side...*

Assis sur une chaise, les bras sur le dossier, comme un condamné à mort espagnol, un mec bizarre me regardait entrer. Il était grand, brun et mince comme la lame d'une épée. Vêtu d'une veste de velours noir et d'un jean délavé, il suivait le rythme de la musique en faisant bouger ses pieds chaussés de santiags de lézard mauve. Son regard lourd et vif semblait issu directement des riffs du morceau. Luis dit simplement :

— C'est Spino. Je lui ai déjà parlé de toi.

L'apparition se leva et me tendit une main sèche. Son visage s'anima d'un sourire chaleureux et sardonique, comme une brise sur une mer de plomb.

— Luis m'a dit que tu cherchais du monde. Je marche.
— Ça risque d'être sportif.
— Luis m'en a vaguement parlé. Il m'a dit aussi que tu étais un de ses amis.
— Tu veux combien ?
— Autant que ce que vous ramasserez.
— Et si on ramasse rien ?
— Alors, ce sera rien.
— Pourquoi ?
De nouveau, le sourire.
— Parce que j'aime ça.
— D'accord. Moitié-moitié sur tout.
— Comment sais-tu que je ferai l'affaire ?
J'ai rigolé, secouant la tension de ce marché bizarre.
— Te bile pas, Spino. Luis m'a aussi parlé de toi.
Luis s'épanouit comme une vieille maquerelle qui aurait réussi le deal de sa vie. Patrick rota son cocktail paella-banane.
— Bon. On s'y colle ?...
Spino se leva. Dans l'ombre du bar, ses bottes mauves semblaient phosphorer doucement.
— ... Tu as un plan ?
— Simple et classique, on déclare la guerre entre Acosta et Raffaëli. Le meilleur gagnera et j'ai idée que ce ne sera pas Acosta. Nous, on ramasse un maximum de fric et on glisse.

Spino émit un feulement sourd. Un drôle de son qui pouvait passer vaguement pour un rire.

— Simple et classique. Comme du Hammet...

Il se tourna vers Luis :

— Amène-toi, *viejo*, on va s'occuper des armes.

Luis me lança un trousseau de clefs.

— *Ferma* la porte en sortant, Lou. Je crains les voleurs.

Il était 11 h 30. Le vent plaquait d'énormes rafales de pluie contre les murs de la ville. Les loubards y noyaient leurs regards.

12

La Tortue n'avait pas changé ses habitudes. Je l'ai trouvé au Cassini devant une platée de spaghettis *al sugo* et une escalope milanaise. Le bar sentait la fumée et la violence. La Tortue ne releva pas la tête quand je m'assis en face de lui.

— Je savais que tu étais revenu.

Il insista sur le « tu ». Une façon comme une autre d'exorciser sa peur.

— Qu'est-ce qui se passe en ville, Tortue ?

Il leva vers moi sa gueule ravagée par la drogue et les tics.

— Tu n'es plus flic. Tu n'es plus rien. Juste un paumé comme nous tous. Tu n'as plus rien à échanger. Les tuyaux, c'est aux autres que je les file. À ton copain Dalmasso, par exemple.

J'ai arrêté d'une manchette la fourchette qui montait vers la bouche. Le bruit résonna dans le brouhaha tiède. Les macs tournèrent vers nous leurs regards suffisants.

— Tortue, je t'attends dehors. Une DS noire juste en face. Réfléchis bien avant de refuser. Il te reste encore une chose à échanger.

L'indic cligna plusieurs fois des yeux, comme un lapin dans la lueur des phares. Il hocha rapidement sa tête sans menton.

— Une DS noire. Laissez-moi le temps de finir et de payer.

Derrière son bar, le patron feignit de ne pas me reconnaître.

La Tortue s'amena au bout de dix minutes. La pluie faisait luire sa tête de fœtus fataliste.

— Vous m'auriez vraiment descendu, hein ? Ici, devant tout le monde...

— Ici ou ailleurs, quelle importance ! Qui se soucie encore de ta vie, à part ton dealer ?

— Vous avez changé, monsieur Seize. Votre

vie non plus ne doit pas compter pour beaucoup de monde.

La pluie et le vent remontaient la rue comme les décharges d'un fusil à pompe. Les mâts des bateaux se perdaient dans l'ombre de l'orage. Patrick fit démarrer et roula doucement vers Garibaldi.

— Je n'ai rien contre toi, Tortue. Rien de personnel.

— Foutez-moi la paix. Posez vos questions et larguez-moi où vous voudrez.

— Parle-moi de Raffaëli.

La Tortue ricana.

— Là, vous faites fausse route. Demandez plutôt à un garde républicain de vous parler de Giscard. Raffaëli est un caïd et moi un minable. Je ne peux même pas vous dire si la dope que je m'injecte vient de chez Acosta ou de chez Raffaëli...

Il eut un sourire sans joie.

— ... Parce que c'est ça qui t'intéresse, hein, Seize ? Savoir qui des deux va gagner la ville et miser sur le bon. Le champion ou le challenger ? Parce que là, pas d'erreur possible. Si tu te trompes, t'es mort. Alors si tu veux un conseil, fais comme moi, attends. T'as d'autres questions ?

— Ouais. Une seule. Où est-ce que je peux trouver Manu ?

— Le Mentonnais ?
— Qui d'autre ?
— Qu'est-ce que tu lui veux ?
— Depuis quand te préoccupes-tu du sort de ceux que tu balances ?
— Depuis qu'il t'est venu ces manières. Le Mentonnais est un pote. Un des rares mecs honnêtes de cette putain de ville. J'aimerais pas que quelqu'un lui cause du tort.

Patrick tourna la tête vers lui. Il eut ce sourire désarmant qu'il m'a servi la première fois qu'il est entré dans ma cellule.

— Écoute, mec. Je reconnais qu'on y a été un peu fort avec toi. Mais ça, c'est la vie : un jour t'es cool et puis le lendemain, les griffes te poussent et t'y peux rien. Cela dit, tu sais bien qu'on a aucune raison de faire des emmerdes à ton pote.

— À cette heure-ci vous le trouverez dans le vieux Nice. Il joue au barboto 10, rue du Pont-Vieux. Vous allez au fond de la salle et vous frappez cinq coups sur la porte, trois longs, deux courts. Pour le reste, démerdez-vous.

J'ai sorti un billet de cinq cents balles de la poche de ma veste et le lui ai tendu.

— Garde ton fric, commissaire. J'ai déjà été payé. Je suis en vie, non ?

J'ai suivi des yeux sa silhouette qui disparaissait, happée par la pluie et le vent.

— Qu'est-ce que c'est, le barboto ?
— Un truc niçois. Un genre de passe anglaise.

Le troquet était chaud et crado. Il y régnait une odeur de pastis, de fumée et de crasse mouillée. Le patron leva les yeux sur nous et les baissa aussitôt en nous voyant foncer vers le fond de la salle. Manifestement, l'accès au tripot c'était pas son boulot. J'ai frappé les cinq coups et un genre de King Kong a ouvert la porte. Il lui manquait une oreille et sa bouche était aussi travaillée qu'un bas-relief gothique.
— C'est pour quoi ?
Sa voix ténue gargouillait vilainement. On avait dû sacrément lui façonner les cordes vocales pour arriver à un résultat pareil.
— Va dire au Mentonnais qu'on voudrait lui parler.
— C'est quoi, ton blaze ?
— Louis Seize.
Son front se plissa sous le coup d'une intense réflexion.
— M'dit queq'chose, ce nom...
Il renonça à chercher et roula des yeux menaçants.
— ... Je vais lui dire que t'es là. S'y veut te voir, O.K. Sinon, vous dégagez vite fait. Ça va comme ça ?

— T'en fais pas, y'a pas d'embrouilles.
— Ça vaut mieux, mon gars. Crois-moi, ça vaut mieux.

Il ouvrit une seconde porte et disparut. Il revint au bout d'une minute, sa face exprimait ce qui pouvait passer pour un sourire.

— C'est en ordre, les gars. Vous pouvez descendre.

Sa main frôla mon aisselle gauche, et s'abattit sur mon épaule.

— T'es chargé ?
— Bien sûr que je suis armé, fleur de nave. T'en connais beaucoup des mecs désarmés là-dessous ?

Sa paluche pesait des tonnes. S'il décidait de serrer, j'étais bon pour une série de séances chez mon masseur. Il émit un petit rire rauque.

— Toi, si je te demande de me filer ton pétard, ça va finir en baston et le patron veut pas d'emboucane. Alors descends. Mais je te préviens, si tu bouges un cil, t'es mort.

La deuxième porte donnait sur un genre de vestiaire. Un escalier sombre menait à une cave aménagée en salle de jeu.

Autour du tapis, une vingtaine de types faisaient rouler les dés en braillant des paris. Le Mentonnais sortit de l'ombre de l'escalier et nous guida vers une petite table à l'écart de la table de jeu. Il portait un ensemble en jean passablement délavé. Une cravate fine de cuir pendait autour de son col ouvert. Il avait l'air aussi jeune qu'il y a cinq ans, aussi jeune qu'il y a dix ans à notre première rencontre. Manu était un braqueur solitaire. Un véritable artisan de la cambriole. Il travaillait seul et dans la seule limite de ses besoins. À mes débuts à Nice, je l'avais sorti d'une sale histoire de chantage. Plus tard, lorsque je me mis à braquer pour mon compte, nous échangions nos tuyaux. J'avais même envisagé de m'associer avec lui. Il refusa poliment mais très fermement. Il avait raison, trois jours après, je me faisais coincer, la main dans le sac, comme une vraie pomme...

Il commanda trois grappas.

— Content de te voir, Lou. Comment m'as-tu trouvé ?

— La Tortue.

— Ta ville, tes indics. Je parie que tu as repris ton ancienne piaule.

— Gagné. On ne te dérange pas, j'espère ?

— Viens-en au fait, Lou. Si tu ne t'es pas posé la question avant de venir, inutile de me la poser maintenant. De toute façon, j'étais pas en veine.

— T'as du boulot en ce moment ?

— Pas besoin. J'ai des réserves pour au moins un an et je deviens cossard en vieillissant. Désolé Lou, trouve quelqu'un d'autre...

Le sourire du Mentonnais était éblouissant. Il vida son verre et se leva.

— ... Sans rancune, vieux. Passe me voir quand tu veux. La Tortue sait toujours où me trouver. C'est ma boîte aux lettres.

J'ai posé ma main sur son bras, le forçant à se rasseoir.

— Suppose que tu veuilles te venger d'un caïd comme Raffaëli, lui filer une bonne avoine tout en ramassant un max de blé. Où le frapperais-tu ?

Le Mentonnais se rassit lentement.

— Raffaëli. Facile, il y a un restaurant en ville, le Two for Two. Jusqu'à minuit, c'est un troquet banal, si ce n'est qu'on y bouffe assez mal pour très cher. À minuit, le gérant ferme. Les initiés descendent dans un appartement aménagé moitié en boîte à partouze, moitié en salle de jeu. Les flics ferment les yeux. Du reste, ils ont trop peur des gens qu'ils pourraient débusquer les miches à l'air.

Il me regarde d'un air songeur.

— Un bien joli coup. Du flic à la pelle et en prime les petites chattes soyeuses des souris de la haute...

— Comment t'y prendrais-tu ?

Il éclata de rire et nous regarda comme si nous sortions d'un asile, l'entonnoir encore vissé sur le crâne.

— Je m'y prendrais pas, même avec des pincettes. Pour commencer, il faut des femmes, autant que de mecs. Pas question de descendre partouzer si tu n'es pas accompagné. Ensuite, faut prévoir une sacrée puissance de feu. En bas, tout le personnel est équipé et pas avec des lance-pierres. Rien que du 11.43. T'imagines un peu le rodéo. Mais même si tu réussis le coup, il te restera le plus difficile.

— Raffaëli ?

— Oui, Raffaëli et tous ses petits copains. Tu passeras le reste de ta vie à jouer à cache-cache avec la maffia et, statistiquement, tu as vraiment peu de chances de gagner.

— Si j'apporte une solution à ces différents problèmes, tu ferais le coup avec nous ?

— Non, Lou. Je ne ferai jamais de coup avec toi, parce que tu es un amateur. Tu montes pas des coups, tu règles des comptes avec la vie. La politique, la société... Ton pétard, tu t'en sers comme un juge de son maillet. Moi, je suis un truand, pas un militant. C'est ton seul défaut, tu es trop dangereux pour tes amis.

Je savais que Manu refuserait. J'en aurais fait autant à sa place. J'ai pourtant eu envie de le frapper au visage pour en effacer le sourire et le reflet de ma déception.

— On se passera de toi, Mentonnais. Merci de ton aide.

Je me suis levé, mais Manu me fit rasseoir d'un geste.

— Écoute-moi, Lou. Je ne sais pas pourquoi tu veux rentrer dans le chou de Raffaëli. Ça te regarde, mais fais bien gaffe à toi. La ville est en train de changer et pas seulement de mains. Je ne suis pas certain que tu aies encore ta place dans le paysage.

— Tu sais, ma place dans le paysage...

— Non, Lou. Cette fois, c'est différent. Nice est un trop gros morceau pour que ceux qui le tiennent acceptent que les bricoleurs sortent de la marge. Raffaëli et Acosta ne sont pas de notre monde. Le pouvoir ne change pas de nature avec celui qui l'exerce.

— Pourquoi me parles-tu d'Acosta ?

— On dit en ville que tu travailles pour lui...

— Et toi, qu'est-ce que tu en penses ?

— Que tu ressembles au type qui voulait sauver une puce coincée entre deux éléphants. La puce s'en est sortie, pas le type.

Manu s'est reperdu dans la foule des joueurs. En haut de l'escalier, King Kong faisait une réussite. Dans sa pogne, les cartes avaient des airs de timbres-poste.

Il flottait toujours. Le vent était tombé.

13

Le hall était éclairé. Mme Malaussène, vêtue d'une robe de chambre en peluche rose, arpentait nerveusement les quatre mètres carrés du tapis de l'entrée. Elle s'immobilisa à ma vue et pointa un index dramatique dans la direction approximative de ma chambre.

— O... isse, articula-t-elle en roulant des yeux effarés.

— Quoi ?

— Police... La police est dans votre chambre.

— Quelle police ?

— Un gros. Avec une pipe. Il m'a dit de ne rien vous dire.

— Monte, Lou, et prends un verre, je me suis servi du tien...

Pansard avait gardé son chapeau. Sa masse obstruait entièrement l'arrivée de l'escalier. Même d'où j'étais je sentais le puissant remugle de tabac froid et d'alcool qu'il exhalait.

— Quant à vous, madame, vous devriez avoir suffisamment de jugeote pour pouvoir choisir entre la police et un vague voyou qui lorgne sûrement vos économies !

— Il est saoul... me susurra ma logeuse en me tendant un verre et un bol de glaçons.

Ma chambre semblait envahie par un vieux smog londonien, en beaucoup plus odorant. Une bouteille de Wild Turkey au tiers vide trônait sur la table de nuit.

— C'est du bourbon, m'informa Pansard d'une voix passablement lourde. Un truc terrible que j'ai acheté chez Hédiard. Comme goût, ça vaut pas la poire mais si tu veux mon avis, ça déménage beaucoup plus...

Il me tendit la bouteille et s'affala sur le lit.

— ... Tu te demandes ce que je fais là, hein, Lou. En dehors des heures de service et déjà passablement beurré, mais...

— Tu m'emmerdes, Gros. Je n'ai rien à te dire. Alors, si tu es simplement venu boire un coup avec un vieux pote, buvons, mais si tu veux cuisiner l'ancien taulard, finis ton verre et dégage.

Pansard finit son verre et s'en servit immédiatement un autre.

— Tu as parfaitement raison, Lou. Je suis hors service, dans tous les sens du terme d'ailleurs... et je suis simplement venu boire un verre avec un vieux pote qui sort de taule et que j'aimerais bien cuisiner. En toute amitié

Je ne pus m'empêcher d'éclater de rire. Le

Gros en profita pour enlever son chapeau et ses godasses.

— Eh ben, mon vieux, t'auras mis le temps, dit-il en bourrant sa pipe. Depuis ce matin, c'est la première fois que tu me regardes gentiment. Bon, résumons-nous. Tu sors de taule. Pendant quatre-vingt-seize heures, tu fais exactement ce que j'attendais que tu fasses, tu disparais. Sans doute pour mettre à exécution quelques-uns des méfaits que tu avais concoctés en prison. Jusque-là rien que de très normal, et puis tout dérape. Un de mes indics me dit que tu es en ville et que tu as pris contact avec ton ancien compagnon de cellule. Catenacci qui rêvait d'avoir ta peau devient curieusement très évasif quand je lui demande de se renseigner sur tes activités. Tu t'affiches au bar du Negresco avec la femme d'Acosta. Tu renoues avec ce vieil anar de Luis et tu terrorises tes anciens indics en posant des questions idiotes sur un autre promoteur de notre belle ville. Voilà pour les faits. Les recoupements sont encore plus étranges. Catenacci travaille pour le même Acosta dont tu sors la femme et ce Raffaëli qui semble t'intéresser est donné dans le milieu comme le remplaçant possible sinon probable d'Acosta. Ça te suffit ou tu veux que je te parle maintenant des ragots ?

— Ça suffit, Gros.

— Bon, soupira-t-il en remplissant nos verres. Maintenant que je t'ai exposé le problème, je vais te dire comment je l'ai résolu. Les hommes d'Acosta t'ont coincé à ta sortie de taule. Pas tout de suite. Ils ont sans doute attendu la fin de ton premier braquage. J'ai du reste des rapports sur une agression commise contre un notaire breton qui fleure bon ton style. Ils t'ont emmené à Nice et Acosta t'a proposé un marché à sa manière. Tu travailles pour lui ou il te balance. Je t'avoue que je n'ai pas encore pu trouver par quoi il te tenait. Le braquage du notaire me semble assez mince... Enfin, peu importe, il te tient et il a besoin de toi. Ce qu'il veut est simple : la peau de Raffaëli. Seulement, il est incapable de savoir jusqu'où son organisation est gangrenée. À qui faire confiance dans une ville où les couches de la corruption se chevauchent comme les strates d'un terrain volcanique ? Alors, il te refile le job.

Il vida son verre et me contempla en suçant un glaçon.

— Alors, Lou, qu'est-ce que tu penses de ma solution ?

— Va te faire foutre !

— Parfait. Nous avions le problème, la solution. Qu'est-ce qu'il nous manque ?

La sonnerie du téléphone me sauva momentanément. Comme le gong, me dis-je en décrochant.

— Lou ? Lou Seize.

Je reconnus immédiatement la voix d'Hagoppian. Un piment rouge confit dans du rahat-loukoum.

— Tony ?

Il eut un petit rire.

— Flatteur que tu me reconnaisses après tout ce temps. J'ai un tuyau pour toi.

— Combien ?

— Celui-là ne te coûtera rien. J'ai déjà été payé.

— Tu m'étonnes, mais je t'écoute quand même.

— La femme d'Acosta est venue me voir hier matin. Elle venait de te rencontrer chez son mari et voulait tout savoir sur toi. Passé et avenir.

— Alors ?

— Pour le passé, je l'ai rencardée. Pour l'avenir, elle a dû faire le nécessaire...

« J'ai suivi votre procès il y a cinq ans. Votre avocat était un ami de mon père... » La garce... Elle s'était rencardée chez Hagoppian comme tout un chacun...

— Ça va, Tony. Merci du tuyau.

— De rien, Lou. On est en compte tous les deux.

J'ai raccroché. Je ne savais pas très bien si j'étais furieux ou blessé.

— Mauvaises nouvelles ?

Pansard était complètement rétamé. Il avait ouvert son gilet et se grattait le ventre d'un air béat. Je commençais à me demander si j'allais devoir le sortir par la porte ou par la fenêtre quand il éclata de rire.

— Alors, Lou, qu'est-ce qu'il nous manque ?

— À toi, je ne sais pas. À moi, il me manque un treuil pour te virer de ce putain de pieu avant que tu ne l'aies couvert de dégueulis.

— À moi non plus, il ne manque rien. Pas même le crétin qui va gentiment se foutre dans la merde la plus noire d'une carrière pourtant déjà fertile.

Je me suis assis sur le lit. J'ai séché mon verre et je nous ai resservis, liquidant définitivement la bouteille. Pansard me regarda. Finalement, il avait l'air beaucoup moins saoul que moi.

— Rien ne te fera changer d'avis, hein, Lou ? Tu es vraiment décidé à jouer ta carte contre Acosta et Raffaëli. Et tu t'imagines que tu vas t'en sortir autrement qu'avec une grande baffe dans la gueule et la fin des pauvres illusions qui te restent.

Il se leva du lit et se mit péniblement à la recherche de ses godasses.

— Comment crois-tu que j'ai pigé tout ça, hein, Lou ? J'ai tissé dans cette ville le réseau d'indics le plus serré qu'un flic ait jamais tendu. Rien ne se passe dans le milieu sans que j'en sois immédiatement informé. Je pourrais te raconter l'histoire de tout le pognon que ces putains du Casino ont aidé à blanchir. Meurtre, drogue, enlèvement, extorsion de fonds, fausses factures, fraude fiscale et d'autres trucs encore que tu aurais peine à imaginer... et en trente ans j'ai pas encore empêché un caïd de dormir. Tu comprends, Lou ? Ça fait trente ans que je regarde faire et que je n'ai même pas le plaisir de compter les points. Alors je vais te dire deux bonnes choses. La première, c'est que tu vas te casser la gueule en beauté ; la seconde, c'est que tu peux compter sur moi et sur tous les flics dans mon genre. Ça fait pas vraiment la majorité mais, de toute façon, t'es foutu, alors...

Je l'ai regardé traverser la pièce. Il avait l'air d'une pièce montée dans la fournaise d'un après-midi tropical. Arrivé à la porte, il se retourna et ajusta sur son crâne un vieux galure grisâtre. Un truc en feutre comme en portaient les flics dans les films des années 50.

— Vas-y, Lou. Fous le bordel ! Je peux te garantir qu'on sera quelques-uns à ne pas bouger le petit doigt pour t'en empêcher. Après ça, t'auras qu'à te démerder.

Il buta contre les deux montants du chambranle de la porte et fila vers la sortie comme une boule de flipper propulsée par un bumper.

*

Luis était superbe dans un vieux smoking blanc, agrémenté d'une large ceinture espagnole en soie rouge. La veste un peu étroite laissait le Lüger percer discrètement sous le rabat démodé. Assis en face de moi, Patrick minaudait dans un fourreau noir très ajusté. Il avait sacrifié sa barbiche et la lumière diffuse jouait sur son maquillage à paillettes. Le mélange de coke et d'héro donnait à ses yeux une lueur tendre et cruelle. Il laissa sa main planer sur la mienne en une caresse nonchalante et torride. Spino avait opté pour l'équivoque et sa longue silhouette de travelo gainée de cuir avait accroché le regard allumé des plus blasés des partouzeurs. À ses pieds, un grand sac de toile contenait les morceaux démontés d'un fusil d'assaut AK 47. Son regard traînait sur la salle, comme pour lui promettre tous les plaisirs de l'enfer.

— Vise un peu les nanas, me susurra Luis, tu es sûr qu'on ne peut pas attendre un peu avant...

— Bonne idée, approuvai-je, juste de quoi

laisser aux videurs le temps d'apercevoir ce que Patrick cache sous son fourreau et toi sous ta ceinture.

Luis adressa un sourire carnassier à la table voisine. La femme d'un notable connu glissa un regard approbateur et impatient sur son visage bosselé.

Un garçon taillé comme un blockhaus nous porta du champagne.

— La Direction serait heureuse de vous recevoir dans les salons privés de l'établissement. Après minuit.

— Le plaisir sera pour nous, minauda Patrick.

— Puis-je vous demander le nom de la personne qui vous a recommandé notre maison ?

— Nous sommes des amis d'Henri Acosta.

Le loufiat s'inclina.

— C'est une bonne recommandation. Nous vous souhaitons une nuit insolite.

Comme il s'éloignait, Spino caressa d'un geste mutin son torse massif.

— Vous y serez, j'espère ?

Le balèze s'immobilisa. Son visage avait la chaleur d'une banquise.

— J'y serai. Mais je doute que mes attributions rejoignent vos désirs.

Spino laissa flotter sa main dans l'air.

— Qui sait ? susurra-t-il.

Le champagne était fruité. Frappé à point. Spino répondit d'un hochement de tête à ma question muette.

— Holster sous l'aisselle. Du gros calibre.

Dehors les employés baissaient le rideau de fer. Le restaurant fermait.

— Le bal commence, murmura Luis.

Le sous-sol abritait une immense salle luxueusement meublée de tapis épais et soyeux, de petites tables de marbre et de canapés bas tendus de satin. Au fond, un bar s'étendait sur toute la longueur. Trois employés en veste blanche immaculée prirent place derrière. Deux autres se dirigèrent vers une porte blindée qu'ils déverrouillèrent.

Cinq gaziers en smoking sombre y entrèrent.

— Les croupiers, me souffla Spino.

Un sixième balèze s'installa, les bras croisés sur un torse de futaille, à l'entrée de la porte blindée. Au bar, la gnôle commençait à couler. Des haut-parleurs encastrés dans les coins diffusaient une soupe vaguement rythmée. Synthétiseur et soupirs d'extase.

Un grand mec brun à l'air coriace ferma la seule porte qui menait au restaurant et se laissa tomber dans un fauteuil de cuir. Il actionna le bouton d'un rhéostat et la lumière décrut. Un soupir monta de la salle.

Je commandai un bourbon glacé. À côté de moi, Patrick essayait de se dégager de l'étreinte avide d'un ventru en shantung noir. Je l'ai attrapé par la main et l'ai attiré sur la piste de danse.

— Je ne te savais pas jaloux, souffla-t-il en laissant errer sa main sur ma cuisse.

— Qu'est-ce que tu fous, connard ?

— Je passe inaperçu, mec. Regarde autour de toi.

Les flambeurs avaient rejoint les autres et la salle ressemblait aux fantasmes torrides d'un dortoir de lycéens. Un immense écran vidéo retransmettait le spectacle. Poussant Patrick dans un tango frénétique, je me rapprochai de Luis et Spino, toujours debout dans cette humanité croulante.

— On commence à faire désordre, grinça Spino.

— Remonte ton fusil et on y va.

Derrière le bar, les trois balèzes bavardaient, indifférents. À l'entrée, le grand brun annotait *Paris-Turf*. Sur un signe de tête de Spino, Luis se dirigea vers lui. Le grand brun leva la tête de son journal et la baissa aussitôt, le crâne fendu par la crosse du Lüger. Luis actionna un bouton et la lumière du Seigneur s'abattit sur Gomorrhe. Un bref instant, la scène parut se figer dans la lumière des projecteurs. Le gorille qui défendait l'entrée de la salle de jeu se leva indécis, il sourit en voyant Patrick qui ondulait vers lui, relevant d'un geste gracieux son fourreau satiné. La santiag ferrée et pointue l'atteignit au creux de l'aine, il dégringola d'un étage. Il prit le deuxième coup de botte à la volée, juste sur la tempe.

— ... Et de deux, comptabilisai-je, en braquant mon Magnum sur les trois barmen.

Deux d'entre eux plongèrent sous le bar. Le troisième glissa sa main sous sa veste. Un petit sourire fat flottait sur ses lèvres. La balle le prit sous le menton, effaçant du même coup sourire et visage. À la périphérie de ma vision, je vis Patrick ouvrir le feu en direction de la salle de jeu, empêchant les croupiers de fermer la porte blindée. Derrière le bar, les 11.43 des deux survivants entrèrent dans le bal. Planqués dans la salle de jeu, les croupiers aussi jouaient Fort-Chabrol. Le night-club élégant commençait à ressembler à un garage de Chicago le jour de la Saint-Valentin. Les pruneaux valsaient dans tous les sens. Imperturbable, l'écran vidéo continuait son reportage. La trouille commençait à me serrer les tripes. Parti comme c'était, on s'acheminait doucement vers la guerre de tranchées.

Un bruit d'enfer m'éclata aux oreilles. Campé sur ses bottes mauves, l'AK 47 à la main, Spino balançait la purée. Ma doué ! Le carnage. La salle semblait secouée par le fou rire d'un dragon japonais. Au-dessus du bar, les bouteilles et la glace éclataient en tessons irisés. Un cocktail improvisé coulait à flots des étagères déchiquetées. L'air se chargeait d'esquilles et de poussière de plâtre.

Un silence âcre et fumant redescendit sur la salle. Comme un diable d'une boîte, deux 11.43 jaillirent au-dessus du bar, suivis de près par deux paires de bras raidis par la terreur. Je me relevai, un peu hagard sous la poussière. Spino lâcha une rafale en direction de la salle de jeu. Les cinq croupiers en sortirent, suivis de deux truands. Ils portaient leurs flingues du bout des doigts et les laissèrent tomber délicatement devant les fastueuses bottes mauves. D'un geste de son pétard, Patrick envoya les deux barmen, tétanisés, les rejoindre contre le mur.

Le tas de partouzeurs commença à remuer vaguement. On aurait dit une gigantesque amibe tentant une scissiparité difficile. Spino balança quelques coups de botte dans le tas et la séparation s'accentua. Ils s'alignèrent frileusement contre le mur, leurs nudités les rendaient insupportablement vulnérables. Je les fis se rhabiller.

Devant la porte d'entrée, le beau brun au regard arrogant gémit faiblement. Luis le ranima, l'assit au milieu de la pièce. La crosse du Lüger lui avait salement modifié la coiffure, mais n'avait pas diminué sa hargne.

— Vous êtes cinglé. Vous ne savez pas à qui vous vous attaquez.

Luis balança une torgnole amicale sans appuyer vraiment.

— T'occupe pas de ce qu'on sait. Contente-toi de nous donner la caisse ; celle de la boîte et du casino.

Le beau brun jeta un coup d'œil dégoûté à ses hommes, rangés comme des paquets de pansements sur l'étagère d'une pharmacie.

— C'est pas de notre faute, Mario, gémit le plus costaud, c'est des dingues... Ils ont un Kalachnikov...

Cette fois-ci, la gifle de Luis le fit tomber de sa chaise.

— Allez, Mario, fais pas ton étroite. Donne-nous le fric. Comment feras-tu pour te venger si tu es mort ?

— Je vous crèverai tous, grinça « beau brun » en se dirigeant vers le coffre.

14

Le coffre du casino contenait cinq cents briques. La caisse de la boîte nous a fourni l'argent de poche. On a planqué le fric dans l'arrière-cuisine d'un petit mas passablement délabré que Luis possédait dans la région de Levens. Il lui servait de cache d'armes et d'explosifs et personne n'en connaissait l'existence.

J'ai laissé mes compagnons de débauche devant une table couverte de bouteilles et de cartes à jouer, et j'ai foncé vers Cimiez.

Il était près de 1 h 30 et la villa d'Acosta brillait comme un paquebot. Je connaissais le gardien pour l'avoir fréquemment envoyé en taule. Il en sortait aussi vite que je l'y mettais. À l'époque, le SAC avait besoin de tous ses hommes. Il s'accouda à ma portière, un Remington à pompe au bout du bras.

— Mais on dirait que c'est notre beau poulet... Alors, flicard, on vient chercher sa feuille de paye ?

— Enlève ta gueule de beignet mal cuit, et va dire à Acosta que je veux le voir.

— Va te faire foutre, poulet. Acosta n'est pas là et j'ai aucun ordre à recevoir de toi.

L'adrénaline du braquage brûlait encore mes

veines. J'ai chopé le mec par sa cravate, un truc vaguement phosphorescent plein de bateaux à voiles ou de têtes de chevaux, et j'ai tiré d'un coup sec. Son crâne a percuté la gouttière de la voiture avec un petit bruit mat. Le sang commençait à sourdre légèrement entre la chair et la tôle. Ses yeux affleuraient la portière. Haineux. Peureux.

— Boucle-la, Toto. Tes coups de frime, garde-les pour les minables de ta zone, parce que moi, je sais que tu n'es qu'un foie blanc, tout juste capable d'impressionner un lycéen à son premier affichage. Alors, tu vas m'ouvrir la grille et annoncer à la villa que je monte...

Je l'ai lâché. Une traînée de sang barrait son front. Il m'a collé le canon du Remington sous le nez en grimaçant d'indistinctes imprécations.

— Je te tuerai, Seize, finit-il par articuler.

— D'accord, Toto. Prends ton tour, il y en a d'autres avant toi.

Le jardin et le hall étaient illuminés *a giorno*. Deux porte-flingue taillés comme des moulins m'attendaient à l'entrée. Posés en haut du perron, j'aperçus deux Remington semblables à celui que l'autre pomme avait essayé de m'introduire dans les narines. Les costards mal coupés des deux cerbères se déformaient sous l'aisselle droite.

— Vous préparez l'ouverture ?

— Ça va, petit malin. Lève les mains et donne-nous ton flingue.

— Impossible, ai-je rigolé.

— Ah, ouais ? fit le duo menaçant.

— Ouais ! Si je lève les mains, je peux plus vous donner mon flingue. Désolé, les gars, faut revoir le problème.

Les deux mecs se mirent à prendre un beau teint cramoisi. Plantés sur le perron, on aurait dit deux monstrueux géraniums.

— Monsieur Seize ! C'est une heure bien tardive pour rendre visite à une dame.

La voix était fraîche et ironique. Elle semblait tomber du halo de lumière qui nimbait le parc. J'ai levé les yeux vers le balcon du premier. La femme d'Acosta s'y tenait. Elle portait une robe du soir noire. Un clip et un bracelet de diamant étincelaient sur sa peau, ses lèvres et ses yeux brillaient encore plus fort. Je me suis incliné, très Régence.

— C'est votre mari que je suis venu voir. En l'attendant, je me suis permis de donner quelques leçons de logique élémentaire à ces deux garçons.

Les « deux garçons » grognèrent en se dandinant comme deux grizzlis atteints d'urticaire. Elle rit et son rire dégringola le long de ma colonne vertébrale, de mes jambes, en un long frisson anesthésiant.

— Je viens vous ouvrir.

Je suis passé devant les deux mastards médusés. Elle se tenait devant la porte et me tendit sa main. Je la pris et la gardai dans la mienne en me demandant bêtement s'il fallait que je la baise ou que je la serre. Cette femme me rendait idiot. Un symptôme que je connaissais bien et que je n'aimais pas du tout.

— Si vous voulez bien me lâcher la main, je pourrais vous servir à boire.

— Oh, pardon ! ai-je balbutié.

Je me sentais rouge et furieux en posant mes quatre-vingt-dix kilos sur un canapé gracile. Pendant qu'elle avait le dos tourné j'ai glissé mon pétard sous un coussin.

— Scotch ?

— Oui, s'il vous plaît. Avec de la glace.

Elle nous servit deux scotchs tassés et revint s'asseoir en face de moi. Sa robe de soie noire gainait son corps de lueurs chatoyantes. Elle était plus belle, plus désirable que le plus beau de mes rêves.

— Mon mari ne va pas tarder à rentrer. Il a quitté la maison précipitamment vers 1 heure. Mais peut-être le savez-vous déjà ?

— Pourquoi me demandez-vous cela ?

— Parce que je suis sûre que c'est vrai.

Je l'ai regardée en me demandant ce qu'elle pouvait bien dissimuler derrière ses yeux pers.

— Ça fait deux fois que vous essayez de me cuisiner...

— Et vous trouvez que c'est trop ?

— Je trouve seulement que c'est curieux.

Elle passa rapidement sa langue sur ses lèvres luisantes.

— Vous n'êtes pas comme les autres...

Elle esquissa un geste vers le perron. Les ombres des gardes du corps glissaient le long de la porte vitrée.

— ... Comme les porcs dont il s'entoure. Il vous oblige à travailler pour lui. Je le sais. Je l'ai entendu ordonner à ses hommes de vous enlever à votre sortie de prison...

— Alors ?

— Alors, vous ne ressemblez pas à quelqu'un qu'on oblige à travailler. Je me trompe ?

— Continuez.

— C'est tout. Henri est fichu. Il croit que vous êtes sa dernière carte. Moi, je crois que vous êtes sa fin.

— Je vous ai posé une question, lors de notre première rencontre. Vous ne m'avez toujours pas répondu.

— Non, Lou. Je n'aime pas mon mari. Je ne suis que l'enjeu d'un marché passé entre lui et mon père.

— On n'est jamais obligé d'être un enjeu.
Son sourire se crispa.

— Quand on a dix-huit ans et qu'on sort d'une institution pour jeunes dindes huppées, on a quelquefois du mal à s'en apercevoir à temps.

Une voiture puissante montait l'allée. Le regard de Nathalie m'enveloppa, grave et tendu.

— Faites attention, Lou. Même blessé, Henri est dangereux... et vous me plaisez.

— Si je comprends bien, vous vous donnez toujours au vainqueur ?

Dehors, des portières claquaient, le gravier crissait sous des pas pressés. Nathalie se leva. Elle était blême, ses yeux bleus prenaient des reflets d'acier.

— Jamais aux imbéciles, monsieur Seize !

La porte d'entrée s'ouvrit à la volée et Acosta pénétra dans la pièce, flanqué de Banck et d'Albert. Aucun des trois n'avait envie de rigoler. Nathalie accueillit son mari d'un baiser distrait.

— Enfin, te voilà. J'ai tenu compagnie à monsieur Seize en ton absence... Quoique l'on ne puisse pas vraiment parler d'une compagnie...

Elle disparut dans une rumeur de soie. Acosta s'assit en face de moi. Albert et Banck debout me faisaient face, le flingue à la main.

— On dirait que ta cote s'effondre, Seize...

— Penses-tu ! Au moment où tu entrais, elle me proposait ta place.

— Tu te crois très malin, hein, Lou ?

— Ben, je t'avouerais que depuis que je fréquente la fine équipe dont tu t'entoures, je commence à faire un léger complexe de supériorité. Tu les as trouvés où, les deux pithécanthropes qui sont dehors ? À la grande braderie du zoo de Vincennes ?

— Désarme-le, Banck. Après on discutera un peu.

Le Branque vint vers moi, un mauvais sourire aux lèvres. Il avança la main vers mon holster en surveillant ma main droite et se trouva nez à nez avec le canon du Magnum.

— Bouge pas, Branque, je tire moins bien de la main gauche mais à cette distance, même avec les pieds je t'arrache un œil...

Je le délestai de son flingue. Impassible, Albert me regardait en tenant ostensiblement ses mains ouvertes loin de ses poches. J'étais sûr que, le moment venu, ce gars saurait choisir son camp.

— Va t'asseoir, le Branque, et garde tes mains en vue. Tu sais, Acosta, je t'admire. Rester en vie avec de pareils gardes du corps, ça tient vraiment du prodige.

Une espèce de feulement rauque sortait de

la gorge de Banck, ses yeux luisaient dans la pénombre. Je crus qu'il allait bondir et je levai le canon de mon flingue jusqu'à ce qu'il s'inscrive entre les deux yeux du fauve.

— Vas-y, espèce de dingue, saute et donne-moi le plaisir d'effacer une fois pour toutes ta foutue gueule.

L'extrémité de mon pétard tremblait légèrement. Une sale sueur glacée coulait le long de mes côtes. Banck se tassa dans son fauteuil. La lueur disparut de ses yeux.

— Ça va, dit-il d'une voix neutre.

Je baissai mon flingue. Ma gorge était sèche, je n'avais plus un poil de sec, mais la tension était passée. J'avalai une rasade de scotch et posai le Magnum sur mes genoux.

Je me tournai vers Acosta.

— Maintenant, écoute-moi. La fréquentation des débiles qui t'entourent t'a tellement ramolli le cerveau que tu n'es plus foutu de distinguer ce qui est bon pour toi de ce qui est mauvais. Tu m'as fait venir parce que tu t'imagines qu'un ou deux notables te chient dans les bottes alors que c'est toute cette putain de ville qui te largue. Raffaëli est en train de tout acheter. Tes juges, tes flics, tes conseillers municipaux et sans doute tes hommes. T'es foutu, Acosta, et aucun de tes soi-disant collaborateurs n'a été capable de t'en avertir. Ils se contentent de rester sur leur cul en astiquant leurs flingues et, le jour où Raffaëli viendra te cueillir, ils lèveront gentiment les mains pour accueillir le vainqueur.

— C'est sans doute pour arranger les choses que tu as braqué la boîte de Raffaëli ?

— Comment as-tu su que c'était moi ?

— Un client t'a reconnu. Tu pensais quand même pas me le cacher ?

Un éclair de vanité dansait dans ses yeux ternes. Ce n'était plus qu'un vieux bouffi se raccrochant tragiquement au moindre pôle de sa puissance passée. Je faillis lui rire au nez.

— C'est précisément ce que je suis venu t'annoncer, connard !

Il tressaillit. Moins sous l'insulte que devant l'effondrement de son pitoyable effet. J'enfonçai tranquillement mon clou.

— Et pour être sûr que personne n'ignore que je braquais pour toi, j'ai fait le tour des vendus que tu arroses pour leur annoncer que tu m'avais chargé d'une reprise en main musclée.

Son hâle distingué de parlementaire méditerranéen se décomposait lentement.

— Mais alors... Raffaëli ?

— Eh oui... À l'heure qu'il est, Raffaëli se prépare à la guerre et, si j'étais toi, je m'y préparerais aussi.

Il ouvrit la bouche, la referma, l'ouvrit de nouveau comme s'il voulait aspirer tout l'air que contenait la pièce. Ses yeux roulaient en tous sens dans son visage convulsé. J'ai vraiment cru qu'il allait me claquer dans les pattes, ce salaud. Je m'apprêtais à lui balancer deux beignes quand sa bouche se referma. Ses yeux redevinrent moins vitreux, une lueur d'intelligence commençait même à poindre timidement.

— Eh ben... On dirait que tu commences enfin à comprendre. Tu m'as fait peur, Acosta. J'ai vraiment cru que tu allais mourir aussi con que tu en avais l'air.

Il vida d'un trait ce qui restait de mon whisky et se resservit un verre. De quoi endormir un chameau.

— Explique-toi, graillonna-t-il.

— C'est simple. Au point où en sont les choses, seul un K.O. peut arrêter Raffaëli. Il a fait traîner les choses parce qu'il n'était pas encore prêt pour la phase finale. Maintenant il est au pied du mur. Ou il se bat ou il se retire. C'est ta seule chance de récupérer tes billes.

— Pourquoi tu ne m'en as pas parlé avant ?

— Tu aurais accepté ?

Il grogna et éclusa la moitié de son verre. Pour ne pas demeurer en reste, je séchai l'autre moitié.

— Bon, dis-je en me levant, en ce qui me concerne, c'est terminé. Je voudrais bien que tu me payes avant la grande castagne.

— Pas question.

Je me suis rassis en souriant.

— Ça, mon salaud, je m'en doutais un peu. Vas-y, explique...

— Tu auras ton fric quand je me serai débarrassé de Raffaëli. En attendant, tu restes à mon service et j'ai besoin de tireurs.

Il me regardait. Il avait l'air placide et satisfait d'un requin qui aurait bouffé son associé. Ce mec-là, c'était un vrai champignon. Seule, la pourriture lui filait la santé. Je me suis levé en rigolant.

— Je vais te faire un aveu, Acosta. Je ne m'attendais pas vraiment à ce que tu me payes. Mais ne te fais pas d'illusions. Tu finiras par casquer. Pour ce qui est des tireurs, ça peut se faire mais il faudra que tu les allonges et d'avance encore... Si j'ai un conseil à te donner, magne-toi le cul, les divisions de Raffaëli sont peut-être déjà en route.

J'ai balancé le pétard du Branque par la fenêtre fermée.

Dehors, les deux mastards me regardèrent passer, complètement ahuris.

Au premier, derrière les rideaux, j'ai deviné sa présence.

*

J'ai regardé sa silhouette se fondre dans les ombres du parc. Ma main brûlait encore de son étreinte. Mes joues de son affront. Imbécile de macho, l'idée de passer après Henri doit lui défriser la zézette. Il faudra pourtant bien qu'il s'y fasse.

15

Il était 2 h 30 et la nuit était tiède. Le speed de Spino enflammait encore mes nerfs, chassant le sommeil. Je m'étais comporté comme un imbécile avec Nathalie. Bizarrement, j'en éprouvais une morose satisfaction. Je finis par trouver une cabine en état de marche et j'appelai Pansard. Sa voix était étonnamment fraîche.

— Tu ne dormais pas ? dis-je sans m'annoncer.

— Moi, je voudrais bien, c'est mon ulcère qui ne veut pas. Qu'est-ce qui t'amène ? Tu veux passer aux aveux ?

J'ai rigolé.

— Tu sais déjà ?

— J'ai reconnu ton style. Le vieux Lüger c'était Luis, non ?

— Je ne vois pas de quoi tu parles.

— Ouais, t'as raison. Moi non plus, je ne vois pas. Sans doute un cauchemar d'insomniaque.

— Sous doute. Dis-moi, Gros, où est-ce que je peux trouver Raffaëli ?

Je l'ai entendu souffler au bout du fil :

— Tu veux aller chez Raffaëli ?... Maintenant ?

— Ouais, maintenant. Et je veux que tu saches que j'y vais.

— Tu veux toujours rien me dire...

— Non, Gros. Tu es trop honnête pour que je te mette au jus. Contente-toi d'oublier que tu me connais.

— Plutôt duraille, ton programme. Bon. Raffaëli habite au Mont-Boron. Villa Rousseau.

— Rousseau ? ! !

— Ouais. L'humanisme progressiste et un peu bêlant. Ça fait partie du genre qu'il se donne.

— Merci, Gros. Mes amitiés à ton ulcère.

— Oh ! Ta présence ne lui est pas indifférente. Depuis que tu es là il ne me quitte plus.

*

La villa Rousseau était un gros machin en pierre de taille, planquée au milieu d'un parc touffu. La grille pas gardée — mais fermée par un système électro-magnétique plutôt pointu —, les murs d'enceinte garnis d'une couche de tessons surmontée d'un rouleau de fil barbelé faisaient que l'ensemble ressemblait davantage à un goulag qu'à la demeure d'un bienfaiteur du peuple.

À travers la frondaison, j'aperçus des lumières.

J'ai sonné longuement.

Le mec qui est venu m'ouvrir avait tout du gorille. Sauf qu'il était moins beau et moins intelligent. Il portait un costard à carreaux, une chemise à rayures et une cravate à pois, ainsi qu'une lampe de poche et un 45 automatique.

— Raffaëli est là, dis-je avec une diction d'explorateur débarquant chez les Pygmées.

Contre toute attente, le monstre répondit dans un langage articulé.

— Qui le demande ?

— Louis Seize, dis-je en lui filant une carte de visite.

Il la regarda longtemps. Je me demandai s'il allait la bouffer, quand il la glissa dans sa poche.

— À quel sujet ?

— Assurance contre le vol. Ça devrait l'intéresser en ce moment.

Le gorille plissa son front en une parodie intense de réflexion.

— Bougez pas. Je vais voir.

Pour moi, c'était tout vu. Quand Raffaëli saurait que j'attendais à sa porte, il allait frôler l'infarctus. J'avais intérêt à lui placer ma salade avant qu'il me présente l'addition.

Soudain, mon plan me parut beaucoup moins futé qu'à sa conception, passablement troué même...

Le déclenchement du système d'ouverture de la grille me fit sursauter. King Kong, un bon sourire aux lèvres, me tenait la porte. Comme je passai devant lui, il m'immobilisa d'une clef féroce et une paluche de la taille d'une trace de yéti partit à la recherche de mon pétard. Comme preuve de mes intentions pacifiques, je l'avais laissé dans sa planque, sous le tableau de bord de la DS. La main repartit vaguement déçue.

Le salon de Raffaëli était aussi moche que celui d'Acosta, mais dans le genre agressivement moderne. Dans la vaste pièce, une dizaine d'hommes, dont le beau brun que Luis avait assommé dans la boîte. Il me coula un regard haineux et palpa d'un doigt vengeur le pansement qui ornait son crâne. Un petit homme brun, olivâtre et teigneux, trônait majestueusement au milieu de la pièce. Il était assis sur une espèce de structure gonflable blanchâtre qui couinait lamentablement chaque fois que son occupant remuait une fesse. Le reste était meublé dans le même style. Difficile de reconnaître le moindre meuble dans cet amoncellement bizarre d'acier, de cuir et de plastique. Deux énormes conques Elipson diffusaient en sourdine un mélange poisseux de synthétiseur et de corne de brume. J'ai souri aimablement au petit homme perché sur sa bouée.

— C'est gentil chez vous.

Ma remarque dut lui déplaire car la bouée se mit à couiner rageusement.

— Tu l'as fouillé ? demanda-t-il au gorille.

D'émotion, celui-ci se mit à me souffler bruyamment dans le cou :

— Il n'était pas armé, Tony.

Raffaëli grimaça ce qui pouvait passer pour un sourire.

Si Acosta faisait dans le genre empereur romain, Raffaëli avait manifestement opté pour le style Napoléon. Il aurait été parfaitement ridicule s'il n'avait eu l'air aussi méchant.

— Qu'est-ce qui amène M. Seize ? Êtes-vous venu me rapporter mon argent ?

— Pas vraiment. Je suis venu vous proposer une alliance.

— Une alliance ?

Le rire de Raffaëli avait la chaleur d'une lime attaquant un boulon. Au fond de mon crâne épais, une idée commençait à se faire jour. L'idée que j'étais sans doute le roi des cons et que ma stratégie tournait tout doucement en eau de boudin. J'y suis quand même allé de mon couplet.

— Écoutez-moi, Raffaëli. Acosta trouve que vous prenez trop d'importance. Il veut vous éliminer et c'est moi qui dois faire le boulot...

Si j'avais compté sur un effet, c'était raté. Le bide absolu. Le petit crevé me regardait du fond de son bibendum. J'ai continué avec le tonus d'un assureur essayant de placer un contrat-vie à la énième réincarnation du Bouddha.

— ... Il se trouve que j'ai tout intérêt à ce qu'Acosta disparaisse. C'est pour cette raison que j'ai braqué votre boîte.

— Vraiment ?

— Ben oui... Je vous apporte le *casus belli* idéal. Vous montez une opération de représailles et moi, de l'intérieur, je vous apporte le soutien logistique qui vous manquait.

Ma proposition tomba dans un silence légèrement goguenard. Je me sentais complètement idiot. D'autant plus idiot que j'ignorais totalement pourquoi je l'étais.

— Le soutien logistique qui me manquait... Monsieur Seize, vous êtes stupide !

— Ouais... Si vous croyez que répéter systématiquement toutes mes fins de phrase en hochant la tête comme un handicapé moteur vous donne l'air futé, arrêtez tout de suite, c'est raté !

Son sourire s'élargit. Un bon et franc sourire de murène. J'amorçai un geste vers la sortie et me heurtai au bide du gorille.

— Il faut reconnaître une chose à Acosta, c'est qu'il a toujours su s'entourer d'imbéciles. Vous ne déparez pas le lot, Seize. Votre combine est minable. Elle sent le mauvais roman noir à plein nez. Une guerre des gangs. Et vous, au milieu pour retirer les marrons du feu. Grotesque ! Vous êtes tellement con que j'ai presque envie de vous laisser partir. Seulement vous avez tué mes hommes, piqué mon fric et détruit ma boîte. Alors, je vais faire ce que n'importe quel honnête citoyen ferait en pareil cas. Je vais vous faire arrêter, Seize, je vais vous renvoyer d'où vous venez. En taule.

Je commençai à penser que je m'en sortais plutôt bien quand j'ai vu entrer les deux poulets : Mougins, le flic le plus pourri qui ait jamais passé le concours des commissaires. Une ordure qui becquetait à tous les râteliers pourvu qu'ils soient malodorants ; derrière lui, l'inévitable Archinucci mâchonnait son mégot en brandissant un pétard. Ils avaient tous les deux l'air vachement contents de me voir. Je les comprenais un peu, un connard de mon envergure, ça valait largement Bouglione. Je me suis retourné et j'ai foncé vers la porte.

La dernière chose que j'ai vue, c'est la matraque du gorille.

16

Je me suis réveillé avec l'impression d'avoir avalé une enclume. J'étais assis sur un sol en béton dans une pièce en béton. Mes poignets étaient pris dans des menottes, le tout était attaché à un radiateur de fonte. Du genre ancien modèle. Fait pour durer.

La pièce était relativement spacieuse. Élégamment meublée d'une machine à laver et de deux rangées de corde à linge. Au milieu, une chaise. Sur la chaise, le commissaire Mougins se marrait doucement. C'étaient peut-être des flics qui m'avaient coincé, mais c'était pas en taule qu'ils m'avaient stocké.

— C'est vrai ce qu'a dit Raffaëli. Des mecs aussi cons que toi, ça se fait rare de nos jours. Qu'est-ce que tu cherches, Seize ? À mourir comme ton homonyme ? Tout ça pour nous faire croire que tu es meilleur que nous, plus honnête. L'ennui, tu vois, c'est que tu es aussi prétentieux que con...

Je lui aurais bien dit d'aller se faire foutre mais tout ce que ça m'aurait rapporté, c'est un pain sur la gueule. Ça m'aurait fait mal et à lui trop plaisir. Je me suis contenté de la boucler obstinément.

Mougins eut l'air vaguement déçu.

— Mais je dois reconnaître que là tu t'es surpassé. T'es le genre de mec qui avance en verrouillant les portes derrière lui. Tu sais ce qu'il a fait, Raffaëli ? Non, tu sais pas ? Ben, il a enregistré votre petite conversation de cette nuit et il a envoyé la cassette à Acosta... Dur, hein ? Le père Acosta, il doit fumer léger ! Je parierais pas dix balles sur ta peau. Tu m'écoutes, connard ? ! !

J'avais fermé les yeux. Mougins me les fit rouvrir de la pointe de sa godasse. Des grolles de cuir italien pointues et pleines de fer. Le sang se mit à pisser à l'intérieur et à l'extérieur de ma joue.

— T'as pas vraiment compris, hein, Seize. Tu crois que tu vas sortir d'ici tout seul ou que quelqu'un va venir te chercher. Alors écoute-moi bien. Personne ne sait que tu es ici. La garde à vue, je peux la prolonger dix ans si je veux, et je la prolongerai jusqu'à ce que tu me dises ce que Raffaëli veut savoir. Où est le fric ? Je te demande même pas qui étaient tes copains. T'es assez con pour refuser de les donner, histoire de te payer une petite tranche d'héroïsme. Mais le fric, Seize. Tu finiras par nous dire où il est !

— Et si je vous le dis ?

— D'abord, tu éviteras de te faire amocher, ensuite on te remettra en circulation et tu seras libre d'aller te faire tuer par qui tu veux ! De toute façon, tu es déjà mort.

— Et si je te disais d'aller te faire foutre ?

Cette fois-ci j'étais prêt. Le coup de godasse se perdit dans les éléments du radiateur. Furax, Mougins me balança une torgnole monumentale. Comme il portait une chevalière de la taille d'une pyramide, j'ai rien perdu au change.

— Aucun sens de l'humour, ai-je gargouillé en secouant mon pif ensanglanté.

Je m'attendais à une autre baffe. À la place, j'eus droit au rire de Mougins. C'était pas vraiment mieux.

— À propos d'humour, j'en ai une bien

bonne pour toi. Bouge pas de là, Lou. Tu vas avoir une surprise !

Resté seul, je me suis mis à cracher mon sang par le nez et la bouche. Occupation saine qui m'empêchait de penser à autre chose.

Je me croyais à l'abri des surprises. J'avais tort. La réalité était décidément plus vicelarde que mes cauchemars... En introduisant mon vieux pote Dalmasso dans ma cage, elle me portait un rude coup au bas-ventre.

— Tu n'as pas l'air content de me voir, Lou. Tu comptais sans doute sur moi pour sortir d'ici.

— Un peu, avouai-je, quoique à vrai dire tu m'avais paru un peu mou à notre dernière rencontre.

— Et maintenant. Comment me trouves-tu ?

Je l'ai regardé à travers mes larmes. Ce que j'ai vu ne m'a pas fait plaisir.

— Mieux. Tu ressembles à un clebs errant qui aurait trouvé sa chaîne et sa gamelle.

— Pour ce qui est des chaînes, tu m'as l'air assez bien fourni.

— Ouais, mais celles-là, c'est pas les miennes. Allez, Rémi, raconte-moi ta salade et tire-toi, j'ai pas que ça à faire, moi. J'ai encore des baffes à prendre.

— Toujours conforme au mythe, Lou !

Spade, Marlowe, Carella et les autres... Ça te plaît de jouer les durs à cuire.

Je l'ai regardé sans rien dire. J'avais mal partout, j'étais fatigué et la vue de mon pote en flic pourri me donnait passablement envie de gerber.

— Écoute, Lou. J'ai essayé de te prévenir mais tu...

— Arrête ça, Rémi. Je t'aime encore mieux en salaud qu'en pleureuse. Alors dis-moi ce que tu as à me dire et calte.

— Comme tu voudras. D'ailleurs, ça tient en peu de mots. Dans moins de six mois, la France va changer de président. Les rapports des RG sont formels, la probabilité d'une victoire de la gauche est telle qu'il est maintenant raisonnable de jouer à fond sur cette victoire.

— Qu'est-ce que tu veux que ça me foute ?

— À toi, rien. Mais à certains notables de cette ville, beaucoup ! Sitôt arrivé aux affaires le nouveau pouvoir va rouvrir des dossiers, diligenter des enquêtes, bref va foutre la merde dans une bonne petite affaire qui tournait rond depuis plus de vingt ans. Acosta et ses semblables seront dans le collimateur ; sans pouvoir, sans appui politique, ils auront de plus en plus de mal à faire tourner le fric. Les affaires s'arrêteront. Les vendus ne trouveront plus d'acheteurs et la pègre sans maître deviendra infiniment plus dangereuse et infiniment moins rentable qu'elle ne l'était jusqu'alors. Tu commences à comprendre où tu as mis tes grands pieds, Lou ?

— Ouais, on échange un vieux pourri de droite contre un jeune fumier de gauche et les choses se remettent à tourner pour la plus grande gloire de Dieu et du Capital.

— Exactement. Après le 10 mai prochain. Les notables demanderont une enquête pour que la ville soit assainie. Acosta aura le choix entre la prison et la fuite dans un quelconque pays d'Amérique du Sud, et les affaires reprendront sous la direction de Raffaëli, homme d'ordre bien connu pour ses sympathies socialistes. Il se présentera comme apparenté PS et sera élu sans coup férir.

— Et toi ?

— Oh, moi... À la fin du septennat, je serai bien commissaire divisionnaire. À partir de là, je serai indéboulonnable. Quoi qu'il arrive...

Que pouvais-je répondre à ça ? Dalmasso avait raison et Manu le Mentonnais aussi. Je n'étais rien qu'un foutu don Quichotte aux ailes aussi grandes, aussi encombrantes que celles des moulins qu'il combattait. Un vrai connard en somme.

Rémi me regardait en se marrant, comme s'il

lisait dans mes pensées. Quand je pense qu'il y a deux jours, je lui aurais donné cent balles...

— Bravo, Rémi. Tu te démerdes plutôt bien. Si les socialos restent au pouvoir aussi longtemps que les précédents, tu finiras sans doute dans la peau d'un grand fraudeur fiscal. C'est pas si mal pour un fils de maçon immigré.

— Tu ne me demandes pas pourquoi je suis venu te dire tout ça ?

— Mais non, Rémi. Je ne te le demande pas. Je le sais. Tu es venu parce que je suis attaché à un radiateur, la gueule en sang et que mon avenir est aussi brillant que celui d'une tranche de cake dans un salon de thé. Tu es venu parce que je me suis planté et que tu attendais ça depuis dix ans et plus. Mais tu es surtout venu parce que tu te sens si crado qu'il ne te reste qu'une chose à faire, t'assumer ou crever. Alors, tu viens parader en exhibant une participation minable dans une opération de grande envergure. Mais au fond tu restes un lampiste, un lampiste divisionnaire peut-être, mais un lampiste. Veux-tu que je te dise ce que tu as gagné, Rémi ? Une 504 de fonction et une semaine par an à Avoriaz. Ce que tu as perdu ? Rien ! Il y a longtemps que tu avais déjà tout perdu !

Il n'a rien dit. Il m'a simplement regardé, un petit sourire triste flottait sur ses lèvres décolorées. Puis il a tourné les talons et il est sorti sans un bruit.

Le silence revint dans mon cachot. Un silence bruissant, un silence de campagne. Ces salopards m'avaient planqué dans une cambrousse quelconque et même si mes potes se mettaient en route suffisamment tôt, j'avais le temps de claquer vingt fois avant qu'ils ne me retrouvent. Pansard pourrait peut-être faire quelque chose. Pansard et son fabuleux réseau d'indics. Mais qui allait prévenir Pansard de ma disparition ? Certainement pas Luis et Patrick, et je n'avais qu'eux.

J'ai décidé de me donner vingt-quatre heures. Ensuite, je commencerais à les balader. Ça donnerait le temps à mes potes de disparaître. Après... En attendant je pourrais toujours me mettre à la méditation transcendantale. Il paraît que ça aide.

La porte s'est ouverte et Mougins est entré. Archinucci et le gorille d'hier soir l'accompagnaient. Ils avaient chacun une chaussette de sable à la main et un bon sourire aux lèvres.

17

J'ai ouvert les yeux dans une rumeur de cage aux fauves. Les hurlements d'Henri emplissaient la cage d'escalier, le couloir de l'étage, et me parvenaient encore vivaces malgré la porte capitonnée. Le dernier whisky pris en compagnie de cet abruti de Seize clapotait encore dans ma tête, mon cerveau s'y baignait comme un têtard dans une eau boueuse.

La pluie et le vent s'étaient arrêtés. Un rayon de soleil tombait droit sur mes vêtements comme pour m'inciter à me lever. Dans le couloir, les hurlements redoublèrent. Le nom de Lou y figurait en bonne place.

Le cœur serré, j'ai dévalé l'escalier et me suis heurtée à Banck. Il m'agrippa le bras. Ses doigts, ses yeux dansaient un petit ballet sardonique et convulsif. Il ouvrit la bouche puis la referma sans rien dire. Il disparut dans le jardin, égrenant derrière lui un ricanement d'idiot.

Échoué derrière son bureau, Henri ne hurlait plus. Devant lui un magnéto à cassette dévidait silencieusement sa bobine. Il se leva à mon entrée.

— De quoi avez-vous parlé ?

Qu'est-ce que ce salopard savait ? Qu'était-il arrivé à Lou ? J'aurais voulu répondre, garder le ton méprisant et glacé qui était mon moyen habituel de communication conjugale. Mon cœur obstruait ma gorge.

— Avec qui ? coassai-je lamentablement.

— Avec Seize. Avec cette ordure de flic. Je veux savoir tout ce qu'il t'a dit. Tout, tu m'entends. D'abord combien de fois l'as-tu vu ?

Finalement, il y avait plus de panique que de méchanceté dans sa voix. Mon cœur reprit lentement sa place.

— Jaloux ?

— Laisse donc ton cul où il est. C'est pas lui qui m'intéresse. Alors combien de fois ?

— Deux. La première en ville. Nous nous sommes rencontrés au bar du Negresco et puis je l'ai emmené faire quelques emplettes. Le pauvre semblait sortir d'un orphelinat des années 60.

— De quoi avez-vous parlé ?

— De rien. J'ai essayé de le cuisiner, mais autant essayer de faire chanter le *Dies irae* à un aborigène australien. C'est un vrai sauvage, ton Seize. La seconde fois, c'était ici. Au moment où tu es entré, il me proposait la botte. Ni plus ni moins.

J'avais mis dans le bleu de mes yeux toute

la candeur de ma nouvelle roublardise. Henri s'affala lentement.

— Tu es sûre que tu n'oublies rien ?

— Que se passe-t-il, Henri ? Tu ne veux pas me parler, pour une fois ?

Pour un peu, je me serais émue. Henri le fut. Il me regarda, et dans ses yeux flottait la gratitude du naufragé qui voit flotter vers lui l'épave d'un canot.

— Il m'a trahi, le fumier. Il est allé me vendre à Raffaëli.

— Te vendre ?

— Écoute.

Henri remit en route le magnétophone. La voix dense de Lou s'éleva dans le bureau. Une autre voix lui répondait, grêle, teintée d'un fort accent marseillais.

— Raffaëli, confirma Henri.

J'ai écouté le dialogue et j'ai eu l'impression d'assister à une mise à mort. Lou s'enfonçait. Mes yeux se mouillaient du trop-plein de ma rage. Quand la bande s'arrêta, je savais que je tenais à ce type au point d'aller le chercher. N'importe où...

J'ai balbutié quelques mots d'encouragement et j'ai laissé Henri se dégonfler tout seul.

Au fond de mon placard, j'ai retrouvé le déguisement de mes fugues anciennes. Quand je désertais la pesanteur du foyer pour la folie des partouzes estudiantes. Un jean aussi moulant qu'une seconde peau, des tennis et un cuir souple et chaud. J'ai bourré mes poches de billets de banque et suis sortie sans un regard pour ce qui fut ma chambre.

Dehors, les hommes de main d'Henri s'assemblaient devant le perron. J'ai senti leur regard coller à mes fesses. Mon déhanchement dut donner à penser à leur crâne vacant.

En fait, je n'avais pas vraiment menti à Henri. Lou ne m'avait jamais rien dit qui puisse m'aider. Sauf une chose, sans doute parce qu'elle lui semblait sans importance. Un nom. Celui de la seule personne dont l'honnêteté tranquille lui inspirait confiance et respect. J'ai arrêté la Porsche devant une cabine téléphonique. Sans l'avoir jamais entendue, j'ai reconnu la voix graillonnante du commissaire Pansard.

— Puis-je vous parler, commissaire, tout de suite ?

— Certainement, madame. Quand vous m'aurez dit qui vous êtes.

— Nathalie Acosta.

Le silence s'éternisa. Finalement Pansard ne raccrocha pas.

— Pas dans mon bureau, je suppose.

— J'aimerais autant pas.

— Vous êtes en voiture ?

— Oui.
— Je serai dans dix minutes à l'angle du boulevard Carabacel et de l'avenue Félix-Faure.

Sa silhouette massive semblait monter la garde, à l'angle des deux avenues. Il introduisit dans la voiture sa carcasse démodée, son costume grisouille, son odeur de pipe froide.
— Allez vous garer au parking du Paillon.
Sa voix était sèche, son regard dur. J'ai caché la voiture au fond du parking, entre une Mercedes et une Lincoln Continental. Pansard m'intimidait. Je n'avais pas l'habitude de la vertu.
— Soyons clairs, madame Acosta. Je ne vous aime pas et je n'aime pas ce que vous représentez. Votre mari est un truand et mon métier est de chercher à le coffrer, et ce serait fait depuis longtemps si la politique voulait bien laisser une chance à la justice. Vous entendre fait partie de mon métier. Donc, je vous écoute.
— Faites-moi plaisir, commissaire. Raccrochez votre auréole. Je ne suis venue vous parler ni de mon mari ni de la justice. Louis Seize est en danger de mort et nous sommes les seuls à pouvoir l'aider.
— Seize ? Quel rapport avec vous ?
— Je l'aime.

— Et lui ?

— Il ne le sait pas encore, mais j'ai bon espoir. S'il ne meurt pas...

Il se mit à fouiller dans les poches de son costume. Un machin gris, fripé et luisant qui dégoulinait autour de son corps comme les hardes d'un épouvantail. Il en extirpa tout un matériel de fumeur de pipe et se mit à bourrer un père Jacob passablement calciné. Je l'aurais giflé. J'ai attendu en silence.

— Racontez-moi ça !

Je lui ai tout dit. Ce que je savais et ce que j'avais deviné. Sa visite à Raffaëli, sa capture et le contenu exact de la bande magnétique. Petit à petit, la fumée avait envahi l'habitacle de la voiture, il y flottait un remugle de vieille pipe, de sueur aigre et d'aftershave bon marché.

Pansard m'examina longuement, comme s'il était à la recherche de signes évidents de mensonge.

— Je vous crois. Savez-vous qui a arrêté Lou ?

— Oui, le commissaire Mougins.

— Mougins, grinça Pansard. Alors, il n'est sûrement pas au trou. Ils vont le tabasser jusqu'à ce qu'il leur dise où il a planqué l'argent. Ça nous laisse un peu de temps.

Je me suis abstenue de lui faire remarquer que c'était précisément ce temps qui devait sembler très long à Lou. Je l'ai regardé combattre ses scrupules dans le halo bleuté du tabac froid. Il m'a finalement regardée comme on fixe la rivière dans laquelle on va se foutre à l'eau.

— Luis Vilaseca, ça vous dit quelque chose ?
— Non.
— C'est un ami de Lou. Il tient un restaurant en bas du boulevard de la Madeleine. Mais j'ai idée que vous le trouverez plutôt dans une petite bicoque entre Levens et La Roquette...

Il griffonna une adresse au dos d'une vieille contredanse et la glissa dans mon sac.

— Faites attention. Vilaseca ne sera sans doute pas seul. Dites-lui tout de suite qui vous êtes, ce qui vous amène et comment vous avez eu son adresse. Ne cherchez ni à mentir ni à finasser. Ce genre de type ne prend jamais de risque. C'est pour ça qu'il est si vieux... S'ils ne vous descendent pas dès votre arrivée, dites-leur d'aller faire un tour au Domaine du Castellet, à Villefranche sur la Moyenne Corniche. Mougins y a une villa. Un truc énorme en pierre de taille avec piscine, tennis et baisodrome. Si vous voulez savoir comment un flic sans fortune peut se payer un truc pareil, demandez à votre mari, c'est lui qui a payé les factures. Il y a de grandes chances que Lou soit là. S'il n'y était pas, rappelez-moi.

— Et s'il y est ?

Il esquissa un sourire carnassier.

— Alors Vilaseca l'en sortira. Ça ne fait aucun doute. Quand vous aurez récupéré Lou, demandez-lui de m'appeler. Ça va ?

— Ça va.

— Bon. Dites aussi à Luis de ne pas s'en faire pour sa maison. Il y a des secrets que je ne divulgue jamais...

Il ouvrit la porte et commença à s'extirper du baquet.

— Ne me raccompagnez pas, je vais rentrer à pied. J'aime autant pas qu'on nous voie ensemble.

— Je vous fais honte ?

Il s'est penché par la portière pour un dernier sourire :

— Ça, ça ne dépend que de vous. Vous m'avez donné un plaisir que je n'espérais plus. Gardez-vous en vie et veillez sur Lou.

Sa carcasse imposante s'est fondue dans l'ombre des piliers de béton. J'ai attendu qu'il soit dehors pour démarrer.

*

La maison ne semblait tenir debout que par la grâce des lierres qui l'habillaient. Le toit de vieilles tuiles se gondolait sous l'effet d'un mystérieux et incoercible fou rire.

Timidement, je me suis approchée de la porte et m'y suis appuyée. Un murmure de conversation me parvint de l'intérieur. La peur me coupait le souffle. Comme l'amour, ce matin, dans le bureau d'Henri.

J'ai heurté la porte du poing fermé. Le son qui en résulta me parut dérisoire, miteux comme mes chances de sortir vivante d'une histoire aussi folle. La porte s'ouvrit et à la place de l'Andalou rugueux apparut le visage angélique d'un d'Artagnan adolescent. Il me sourit et l'angélisme disparut de ses yeux noirs. Il referma la porte, m'empêchant d'apercevoir l'intérieur de la maison. Il m'évalua d'un coup d'œil brûlant : son regard s'attarda sur le mien en une interrogation muette et sardonique.

— Monsieur Luis Vilaseca ?

Le chevrotement de ma voix augmenta son sourire. J'aurais bien giflé ce petit macho si je n'avais pas eu aussi peur.

— Qui dois-je annoncer ?
— Nathalie Acosta.

Le sourire s'accentua. Mais toute tendresse en avait disparu. Le canon noir et mat d'un revolver se posa sur mon ventre.

— Vous êtes seule ?

Sans attendre ma réponse, il me plaqua contre la porte et jeta un long regard autour de la maison. Puis sa main virevolta sur mon corps.

— Seule et sans armes, dit-il songeur.

Il s'effaça et me guida fermement à l'intérieur. Les volets clos maintenaient la pièce dans une semi-pénombre. La porte se ferma dans mon dos et j'entendis le cliquetis mat d'une clef de serrure à pompe. Je n'avais plus peur.

— Qui est-ce ?

La voix était rocailleuse, lourde d'un accent puissant et chaleureux. Je me suis avancée jusqu'à toucher une longue table de ferme recouverte d'une couverture kaki. Des bouteilles de bière et de whisky s'alignaient sur un des bords. Le reste était occupé par les restes d'une partie de poker. Contre le mur, deux fusils à canon scié et un long fusil au chargeur en forme de banane. Les deux hommes qui me faisaient face tenaient encore leur revolver à la main, le canon pointé obliquement vers le sol.

Le plus vieux devait être Vilaseca. Il était vêtu d'une veste de chasse et d'un pantalon de velours côtelé. Son visage rugueux et brun semblait travaillé par une armée de rides vivantes. De longues pattes descendaient sur ses joues maigres comme une provocante affirmation de son ibérisme. Des yeux bleus baignaient d'humour ce visage qui en semblait dépourvu.

Son compagnon se leva et traversa nonchalamment la pièce pour se poster devant la deuxième fenêtre. Ses longues jambes plongeaient dans des bottes de cow-boy mauves. Il portait une chemise blanche sans col et dont les manches bouffaient au poignet.

Tous deux semblaient sortis de l'imagination d'un scénariste hollywoodien. Au fond du visage maigre de Vilaseca un regard dense me soupesait.

— Je suis Nathalie Acosta.

Ma voix était ferme. Une chaleur tendue habitait mon corps.

— Quel rapport avec Henri ?

— Pour l'état civil, je suis encore son épouse.

— Qui vous a donné cette adresse ?

— Le commissaire Pansard.

Le mousquetaire et l'apparition échangèrent un clin d'œil amusé. Luis me regarda en grinçant des dents.

— Ce fils de pute de Pansard ! ! Ce cabro de flic de merde ! Il serait capable de faire filer sa propre mère si ce bâtard en avait une... Bon, vous êtes la femme d'Acosta et c'est un flic qui vous envoie. Continuez. Je sens déjà que je vous adore !

Je lui ai lancé le regard le plus noir de mon nouvel arsenal de femme fatale. Ça n'a pas eu l'air de l'impressionner. Moi, ça m'a donné l'impression d'exister autrement que dans le regard de ces trois allumés.

— Si vous aimez tant que ça les catégories, je peux vous en fournir une troisième. Je suis l'amie d'un certain Louis Seize. Ça vous dit quelque chose ? Tant mieux parce qu'en ce moment il se fait tabasser par les hommes de Raffaëli et quand ce sera fini ceux d'Acosta prendront la relève. Alors, s'il vous reste un peu de temps entre une partie de poker et un numéro de frime, on pourrait peut-être aller le chercher.

L'instant d'après je fonçais en direction de Villefranche. À mes côtés, l'homme aux bottes mauves emplissait mon espace vital de la fumée d'un cigare tordu, noir et puant. Pour un peu, j'en aurais regretté les havanes d'Acosta. Mes froncements de nez ne lui échappèrent pas. Il jeta son cigare par la fenêtre en étouffant un drôle de rire feulé.

— Ces cigares calabrais, ça pue plus que le trou du cul de l'enfer...

Il s'absorba un instant dans la contemplation de ses bottes.

— Tu le connais depuis longtemps ?

Le tutoiement me fit sourire. J'avais l'impression d'avoir réussi un examen.

— Qui ça, Lou ? Non, juste depuis qu'il est revenu à Nice.
— Et il sait ?
— Quoi ?... Oh, ça ? Non, je ne crois pas. C'est pour le lui dire que je vais le chercher.

De nouveau, le feulement.
— Je m'appelle Spino.
— Pourquoi Spino ?
— Pour Spinoza. À cause de *L'Éthique.*

Il ne prononça plus un mot avant que nous ayons atteint Villefranche.

Le Domaine du Castellet s'étendait sur dix hectares de colline à la sortie de Villefranche. Je le connaissais bien pour y avoir fréquemment accompagné Henri à des soirées données par des personnages importants dans la répartition du fric municipal.

À l'entrée du lotissement, un plan donnait l'emplacement des villas. Celle de Mougins était tout en haut, à l'endroit où la route faisait une boucle pour redescendre. L'emplacement dut plaire à Spino, il me gratifia d'un autre petit rire.

— Tu grimpes doucement jusqu'à la villa. Comme si tu cherchais ton chemin. Je sauterai juste avant la maison. Tu fais un autre tour en me laissant dix minutes entre les deux passages.

Arrange-toi pour que la porte reste ouverte mais ne t'arrête surtout pas.

Il se coula au fond de la voiture sans attendre de réponse. La porte s'entrebâilla juste avant la villa. Juste assez pour qu'un chat s'y faufile.

Au second passage il était à nouveau lové sur le plancher. Il avait l'air heureux d'un matou déboulant dans un conclave de rats.

— Il est bien là. On file.

J'ai repris la route de Levens. La poitrine gonflée par la joie, le ventre noué par la panique.

*

Patrick avait réussi à piquer une Oldsmobile 88. Un énorme machin vert bouteille, gros comme un remorqueur et certainement aussi bruyant. Pendant qu'ils préparaient les armes, je me suis entraînée à grimper la côte de La Roquette en poussant le gros V8 au maximum de ses possibilités et des miennes. J'ai certainement réduit ma vie de deux ans et mon poids de trois kilos mais en revenant à la baraque, je conduisais ce tombereau avec autant d'aisance qu'un lycéen son Ciao. J'ai arrêté l'Olds juste devant la porte de la maison ; Luis me jeta un regard morose. Ma sortie de l'après-midi et ma participation à l'action avaient manifestement heurté ce qui restait en lui d'Andalousie profonde.

Patrick s'assit à côté de moi. Il était armé d'un fusil à canon court, un truc noir et trapu, massif et difforme.

Spino portait son fusil d'assaut et Luis un énorme pistolet qui me sembla aussi démodé qu'inquiétant. La radio diffusait un vieux blues. La ville ne respirait pas la joie. Moi non plus.

J'ai ralenti à l'entrée du lotissement pour leur laisser le temps de charger les armes.

Sur un signe de tête, j'ai appuyé à fond et l'Oldsmobile s'arracha à l'asphalte, l'avant dressé comme une baleine escaladant la vague. Quand le portail apparut dans la lumière des phares, le compteur marquait 100, je l'ai percuté en hurlant de peur et d'excitation. La voiture sembla s'arrêter, le moteur rugissait sous la pression de mon pied. Quand la serrure éclata, je crus que mes bras me rentraient dans le corps. La voiture prit l'allée de gravier en travers, je la remis en ligne d'un coup de volant et amorçai un contre-braquage pour me présenter de flanc à la façade de la villa. Patrick sauta et je le vis disparaître happé par un massif de lauriers-roses. Sur la terrasse, deux hommes venaient d'apparaître. Ils couraient et tenaient dans leurs mains des fusils semblables à celui de Patrick. Je me suis éjectée au moment où le pare-brise éclatait. Le gazon était gras et humide, mais l'eau du bassin où je finis ma course était glacée. Un lutin armé d'une hache m'y regardait stupidement. La voiture finit sa course encastrée dans une baie vitrée et commença à brûler, immédiatement imitée par les rideaux et le bois des fenêtres. Dans la lueur de l'incendie, je vis Spino foncer vers la maison, précédé de langues de feu et de nuages en pointillé. Il avait tout du Saint-Esprit de mon enfance, en plus violent peut-être. J'ai fermé les yeux en entendant le bruit mou des balles frappant le corps des deux types. Un silence étrange redescendait sur la scène, seulement troublé par le crépitement du brasier. Je me secouai et me mis à courir vers la route pour récupérer la Mercedes que Patrick et Luis y avaient garée en prévision du retour.

Un petit type jaillit littéralement de la fenêtre sud et se mit à courir vers moi en déchargeant ses pistolets. Il portait un drôle de chapeau vert et une veste à carreaux. Patrick lui pulvérisa la tête. Le chapeau vert tournoyait encore quand je me remis à courir.

Dans l'ombre massive et rassurante de la Mercedes, je me suis arrêtée pour vomir et pleurer. Des gens commençaient à sortir des villas alentour, attirés par le bruit et le feu. J'ai senti croître en moi une étrange et morbide exaltation comme une actrice, fière de sa prestation, saluant un public difficile. Me souvenant des leçons de conduite de mon père, j'ai débouché sur le terre-plein de la villa à fond de seconde et j'ai tiré d'un coup de frein à main. La lourde voiture effectua un demi-tour sur place, le mufle à nouveau tourné vers la carcasse tordue de la grille. L'incendie gagnait peu à peu tout le rez-de-chaussée. Luis cria un ordre que je ne compris pas. Un revolver jaillit de la porte d'entrée et un homme apparut sur le seuil. Je reconnus le commissaire Mougins pour l'avoir fréquemment rencontré à la maison. Luis lui tira une balle dans la tête.

Lou semblait vivant. Son visage et son torse étaient couverts de bleus et d'ecchymoses. Ses yeux s'ouvrirent quand on l'installa dans la voiture. Son désarroi sembla s'accroître quand il me découvrit.

En arrivant sur la Moyenne Corniche j'ai pris la direction de l'Italie. Vers la Corne d'Or, les gyrophares des flics et des pompiers ponctuaient la nuit de lueurs orangées.

18

Je savais qu'elle était là et je n'avais aucune envie d'ouvrir les yeux. Les coups de chaussettes de sable m'avaient complètement liquéfié la cervelle. Bref, la dernière chose dont j'avais besoin, c'était d'une femme avec qui je m'étais comporté comme un imbécile et qui était venue me tirer d'une situation où je m'étais fourré comme un imbécile. Je savais qu'elle était là, derrière la barrière boursouflée de mes paupières.

Comme prévu, elle rigolait et, comme prévu, ça m'a foutu en rogne.

— Comment ça va, vainqueur ?

— Mal, ai-je grogné, alors remettez vos vannes à plus tard sinon je ne joue plus.

— Parce que vous pensez qu'il y aura un « plus tard » ?

— Depuis que je vous ai vue au volant de cette voiture, je crains le pire. Comment m'avez-vous retrouvé, d'abord ?

Elle sourit. Un chouette sourire tout plein de tendresse et d'ironie.

— Vous avez plein d'amis, Lou. Pour moi, c'est nouveau. Je crois que je n'en ai plus un seul. C'est Pansard qui m'a dit où trouver Luis et où trouver Mougins.

Malgré mon état général déliquescent, j'ai réussi à me marrer.

— Ce vieux caïman de Pansard connaît la planque secrète de Luis ! Ça a dû lui foutre un sacré choc à l'Espingoin.

— Il ne décolère plus depuis hier. Ma présence semble le mettre en transe.

— Il s'y fera. Comment avez-vous su que Mougins m'avait chopé et qu'est-ce qui vous a pris de partir à ma recherche ?

— Hier matin, Henri a reçu une cassette. Elle lui était expédiée par Raffaëli et contenait l'intégrale de votre géniale transaction. Elle a mis Henri en fureur. Moi, je me suis dit qu'un être capable de faire des bourdes pareilles ne devait pas être totalement inintéressant. Je me suis mise à votre recherche pour avoir une chance de vous le dire.

Je me traitais mentalement de Roi des Cons depuis si longtemps que ça m'a fait du bien d'entendre quelqu'un d'autre le dire.

— On a dit qu'on remettait les vannes à plus tard. Cela dit, j'ai l'impression qu'il n'y a pas qu'avec Raffaëli que je me suis comporté comme une andouille.

— Serait-ce des excuses, monsieur Seize ?

— En tout cas, contentez-vous-en ! Vous

n'aurez jamais rien qui s'en rapprochera davantage.

Tout de suite après, elle était sur mes genoux. Sa bouche m'enveloppa. Jamais je n'aurais cru que plaisir et douleur pouvaient se marier de façon si exquise. Bien plus tard elle me glissa à l'oreille :

— Pansard veut que tu l'appelles. Mais rien ne presse, tu es si malade.

*

— Salut, Gros !

Pansard marqua un temps avant de répondre.

— Laissez-moi votre numéro, madame, je vous rappelle dans cinq minutes.

J'ai reposé le combiné, vaguement inquiet. Pansard me rappela cinq minutes plus tard.

— Lou ! Tu as flanqué le plus sacré bordel que cette foutue ville ait jamais connu. Raffaëli est fou de rage et Acosta a quasiment mis ta tête à prix. Quant à Banck il paraît qu'il a complètement craqué. Il est sur ta piste depuis hier matin.

— Écoute, Gros...

— Non, tais-toi. Je n'ai pas le temps de discuter. Sois chez moi vers 10 heures ce soir. Tu sais encore y aller ?

— Sûr.
— Ciao.

Nathalie roula sur le dos. Dans la lumière de l'après-midi son corps ruisselait de douceur.

— Alors ?
— Ça chie ! C'était à prévoir. J'irai voir Pansard.

*

Le repas ne fut pas précisément joyeux. Les paroles de Manu me trottaient dans la tête, j'étais vraiment trop dangereux pour mes amis. Nous avons convenu qu'il était pour l'instant hors de question de quitter Nice, de toute façon la menace qui pesait sur Patrick était toujours présente. Acosta serait peut-être foutu en mai. En attendant, nous n'étions qu'en novembre et la vieille fripaille serait d'autant plus virulente qu'elle était près de sa fin. J'étais décidé à aller seul chez Pansard. Luis m'accompagna jusqu'à la Madeleine. Il voulait vider son bar, avant que d'autres ne le fassent. Il se coucha au fond d'une vieille Rover qu'il gardait pour ce genre d'occasion. Elle était équipée de V8 aussi trafiqués que le look d'une vieille star. Luis affirmait qu'elle chopait les 230 comme une fleur. Nathalie m'avait un peu retouché la physionomie et je faillis ne pas me reconnaître.

J'ai tourné pendant dix minutes autour du bar de Luis sans repérer quoi que ce soit de suspect. Il se glissa chez lui par la cour du fond. Je devais le reprendre en revenant de chez Pansard.

Le Gros habitait un vieux pavillon déglingué au-dessus de l'hôpital Pasteur. Un petit bout du vieux Nice, au fond d'un jardin de curé, coincé entre une clinique pour dingues et un immeuble pour futurs dingues.

Par prudence, j'ai garé la voiture sur le parking du C.A. et je suis remonté doucement dans l'ombre du grand mur de soutènement. La DS noire jaillit de l'impasse au moment où je m'y engageais. Dans la lumière du tableau de bord, Banck grimaçait un sourire livide. Il ne m'a pas vu et a disparu avant que j'aie pu tirer. Comme un fou, j'ai couru vers la maison de Pansard. La grille du jardin battait au vent qui se levait.

Le salon était tel que je l'avais vu la dernière fois. Sauf que Mme Pansard ne lèverait plus ses cent kilos de graisse affectueuse pour m'offrir son abominable café et son marc chlorhydrique. La balle lui avait arraché la moitié droite de la figure. Son mari avait pris le reste dans le buffet. Le Branque chassait comme un flic. Une seule personne à Nice avait pu permettre le coup de main qui m'avait libéré. Ni moi ni

Pansard n'avions été foutus de le comprendre. Le Gros en était mort. J'en aurais bien fait autant.

J'ai retraversé la ville d'est en ouest. Si Pansard avait repéré Luis, d'autres pouvaient l'avoir fait. N'importe quel garde champêtre y aurait pensé. N'importe qui, mais pas Seize. Seize l'infaillible, le superflic aux nerfs d'acier, Seize choléra. Celui qui tue ses potes plus vite que son ombre.

J'ai déboulé dans la Madeleine à l'allure du TGV. Ni flic ni attroupement. J'ai respiré un bon coup et me suis mis à redescendre doucement, guettant chaque ombre, chaque mouvement. Le vent et la pluie s'étaient à nouveau levés et plaquaient sur le boulevard leurs ondes de solitude. J'ai klaxonné deux fois et la porte du petit restaurant s'est entrouverte. Soulagé, je me suis allongé sur le siège pour ouvrir la portière du passager. Luis avança sur le seuil, la pluie le frappa en plein visage, délavant son visage acéré. Il porta la main à sa ceinture au moment où j'entendis la voiture se mettre en marche. Il ne put achever son geste, la rafale le découpa au niveau de la taille, puis un second passage lui éclata la gorge. Son smoking semblait soudain avoir chopé la rougeole. La suite était pour moi. Je plongeai sur le trottoir au moment où les premières balles pénétraient dans le cuir des coussins de la Rover. La vieille caisse se mit à danser. Je me suis glissé sous un camion et, de là, j'ai atteint le trottoir. À l'abri des voitures j'ai remonté lentement le boulevard. Derrière moi, les deux sulfateuses continuaient à arroser copieusement la voiture.

Au milieu de tout ce bordel, je parvins à repérer le sifflement du lance-patate. Le souffle de l'explosion me chopa sous les reins... La Rover cramait. Par sympathie, les autres caisses en firent autant. Les pare-brise pétaient, les pneus explosaient et les braves gens commençaient à abandonner la téloche. Du tas de poubelles où j'avais atterri, j'ai vu les deux voitures tourner et redescendre le boulevard au ralenti. Dans la première, j'ai reconnu les deux mastards que j'avais chambrés chez Acosta, dans la DS noire. Le Branque fermait la marche. Ils marquèrent un temps d'arrêt devant la Rover et disparurent. Demain matin, ils sauraient qu'ils m'avaient manqué. J'avais six heures pour les nettoyer.

Je suis redescendu vers Magnan. Suscitant les regards effarés des passants mouillés. Dans la chaleur rassurante d'un rade à putes, j'ai descendu trois cognacs avant de reprendre mon souffle, puis j'ai appelé la planque de Luis.

La voix de Patrick était tendue.

— C'est toi, Lou ?

— C'est moi. Le Branque a eu Pansard et Luis. À l'heure qu'il est, il croit que je suis mort. Ramassez tout ce qui traîne comme armes et munitions et venez me ramasser le plus vite possible. Quelle voiture aurez-vous ?

— Il ne reste que la Porsche de Nathalie.

— Aucune importance. Remontez la Promenade à partir de Magnan et tournez dans la rue qui fait l'angle avec Lenval, je vous attendrai à votre deuxième passage.

— O.K.

J'ai demandé un deuxième numéro au patron. Dalmasso vint immédiatement en ligne. Il eut un petit rire en me reconnaissant.

— Lou ? Tu es plus coriace que le chiendent. Qu'est-ce que tu veux ? Me tuer, je suppose !

— Aucun intérêt ! Tu es devenu une trop grosse légume maintenant que Pansard et Mougins sont morts.

— Pansard est mort ?

— Ce soir, vers 10 heures. Acosta l'a eu parce qu'il m'avait aidé.

Je l'ai laissé assimiler la nouvelle. La pluie s'était calmée. Les putes ressortaient.

— Lou...

Sa voix était changée. Nous avions partagé la même admiration et la même amitié pour Pansard.

— ... Je crois que je sais ce que tu veux.

— Je veux que tu t'arranges pour que les flics me foutent la paix pendant que j'irai descendre Acosta et le Branque. Ils me croient mort. Ça devrait aller vite. Je veux aussi que tu m'arranges une entrevue avec Raffaëli et que tu uses de ton nouveau pouvoir pour le persuader qu'il n'a rien à gagner à nous emmerder. S'il est d'accord, nous quitterons la ville dès demain.

— Ça doit pouvoir s'arranger.

— Je t'appellerai dès qu'Acosta sera mort.

*

Planqué dans une entrée d'immeuble, j'ai attendu la Porsche. Nathalie conduisait avec une virtuosité détachée. Sa main droite volait alternativement du levier de vitesse à ma cuisse, où elle s'attardait en une caresse brûlante et fugace. Elle arrêta la voiture cinq mètres avant l'entrée de la villa pour nous déposer.

Patrick était armé d'un fusil à pompe et d'un .38 Cobra. Spino portait son éternel AK 47 et une musette de grenades. J'ai passé la deuxième musette à mon épaule et nous avons gagné silencieusement le mur d'enceinte. La Porsche se présenta à la grille et dans la lueur des phares je reconnus Gandolfo. Apparemment il était seul. Je le vis parler dans le téléphone portatif qu'il portait à l'épaule et se diriger vers la grille pour l'ouvrir. Nathalie s'arrêta à sa hauteur. Il s'approcha en souriant ; Spino lui fendit la tête d'un coup de barre. La Porsche gravit doucement l'allée. Nous la suivions comme des fantassins dans l'ombre d'un tank. Les deux mastards mal fagotés montaient une garde débraillée devant la porte d'entrée. La villa était plongée dans l'ombre. Seul le bureau d'Acosta était éclairé. L'un des deux gardes s'approcha de la voiture, sa courbette obséquieuse se figea devant le calibre que Nathalie lui mit sous le nez. Inquiet, son copain s'avança vers l'allée. Patrick l'étendit d'un coup de crosse à tuer un sanglier. J'assommai l'autre puis grimpai le perron sous la couverture croisée de Patrick et de Spino.

Le hall était obscur et désert. Seul un rai de lumière suintait de la porte du fond, je l'ai poussée d'un coup de pied. Acosta lança la main vers le tiroir de son bureau. Je lui logeai une balle en pleine tête. Ce salaud de Banck ne fit pas un geste pour se défendre. Je l'abattis quand même. Il garda son sourire jusqu'au bout, l'ordure.

Nathalie me rejoignit dans le hall, elle me retint par le bras.

— Le fric, souffla-t-elle.

Elle me prit par la main et m'entraîna dans une petite alcôve qui jouxtait la chambre. Elle ouvrit la porte d'un petit réfrigérateur, en sortit une bouteille de lait qu'elle vida dans un lavabo. Une poignée de diamants gros comme des grains de raisin étincelaient dans sa main.

— Une petite fortune aisément négociable. La roue de secours d'Henri, la nôtre maintenant, sourit-elle.

— La mienne, rectifia Albert.

Dans l'embrasure de la porte de la chambre, il tenait son pétard comme s'il n'avait pas encore décidé de l'usage qu'il allait en faire.

— La neutralité se paie, Seize. La mienne surtout. Je t'ai vu sortir de la Rover et je savais que tu viendrais. Tu viens de m'apprendre la seule chose que j'ignorais...

Il tendit la main vers les diamants.

— Moitié-moitié, proposa-t-il.

— Moitié-moitié, ai-je rigolé, et je reste encore ton obligé.

— Je m'en souviendrai.

Il rangea son pétard et nous partageâmes les diamants en deux. Même comme ça, il en restait suffisamment pour être confiants dans l'avenir. Dans la mesure où il me restait un avenir. J'ai regardé Nathalie foutre les diamants dans son sac. Ses yeux brillaient d'avidité et de fureur.

— Tu as enfin trouvé ce que tu voulais ?

— La moitié seulement Lou, l'autre a filé avec cet imbécile !

— Je lui devais bien ça, non ?

Elle me jeta un bref coup d'œil :

— Toi peut-être, mais c'est moi qui ai payé !

Le hall désert sentait déjà la mort. Mon regard a croisé celui de Nathalie. Plutôt coriace, la jeune veuve.

Dehors, Albert ramassait les morceaux des deux gardes. Ils s'en tireraient avec une méchante migraine et quelques points de suture. Ils m'ont regardé comme deux cadors qui auraient trouvé leur nouveau maître.

J'appelai Dalmasso d'une cabine.

— C'est fait ?

— C'est fait.

— Où es-tu ?

— Je serai dans cinq minutes devant chez toi.

— O.K. Je t'attendrai en bas.

Aucun d'entre nous n'avait envie de parler. J'ai donné les diamants à Spino pour qu'il les mette avec le restant du fric. Il n'y avait aucune excitation dans sa voix.

— Et maintenant ?

— Je vais essayer de négocier notre départ avec Raffaëli. Si je ne suis pas revenu à 10 heures, prenez le fric et taillez-vous. Vous, il ne vous connaît pas.

Personne ne proposa de m'attendre ni de m'aider. L'aventure n'avait plus de sens, la mort l'avait brisée. Nathalie posa une main sur ma cuisse. Son geste me sembla machinal.

Dalmasso m'attendait sous un porche. Nous prîmes sa voiture. Pendant le trajet, il s'abstint de sourire, de sorte que son triomphe me parut plus exultant. La grille était ouverte. Aucun homme ne gardait la maison. La guerre était bien finie.

Raffaëli nous attendait perché sur sa chambre à air. Il ne m'offrit pas à boire, ne me proposa pas de siège.

— Vous pouvez partir, Seize. Vous pouvez garder l'argent, vous pouvez même rester à Nice si ça vous chante. Vous n'avez plus aucune importance, je sais que vous venez de le comprendre. Maintenant que vos illusions sont brisées, vous êtes aussi dangereux qu'un cobra sans crochets.

Il me regarda, attendant une réponse, un démenti. Je n'avais rien à lui dire. J'avais ce que je voulais. Mais lui n'avait pas fini.

— Vous serez sans doute content d'apprendre que votre rodéo va me permettre de lancer une grande campagne de gauche pour demander l'épuration de la ville. J'ai plaisir à penser que je vous devrai mon siège de député.

Je me suis dirigé vers la porte et j'ai commencé à l'ouvrir. Raffaëli m'arrêta une nouvelle fois.

— Au fait, Seize, si vous voulez réintégrer la police niçoise, j'en serais ravi, sous les ordres de Dalmasso bien sûr !

Le jour commençait à se lever. L'horizon était gris, bouché. Je suis redescendu à pied vers la ville.

DU MÊME AUTEUR

LE MARIONNETTISTE, Librairie des Champs-Élysées, 1999.

LE TÉNOR HONGROIS, Éditions Flammarion, 1999.

LE POULPE, LE FILM, avec Guillaume Nicloux et Jean-Bernard Pouy, Baleine, 1998.

LA PLAINE, avec des dessins de Frédéric Raynal, Éditions du Ricochet, 1998.

EN CHERCHANT SAM, Éditions Flammarion, 1998.

ARRÊTEZ LE CARRELAGE, Baleine, 1995. Réédition Librio, 1998.

BLUE MOVIE, avec Françoise Rey, Éditions Blanches, 1997.

NÉ DE FILS INCONNU, Albin Michel. Réédition Le livre de poche, 1997.

NICE 42e RUE, Calmann-Lévy, 1988. Réédition Baleine, 1997. (Folio Policier n° 128).

LA VIE DURAILLE, avec Jean-Bernard Pouy et Daniel Pennac. Réédition Fleuve Noir, 1997.

UN ORNITHORINQUE DANS LE TIROIR, La Loupiote, 1996.

ARRÊT D'URGENCE, Albin Michel, 1990. Réédition Le livre de poche, 1992.

FENÊTRE SUR FEMME, Albin Michel. Réédition Le livre de poche, 1991.

NOSTALGIA IN TIMES SQUARE, avec Jacques Ferrandez, Futuropolis, 1987.

VERY NICE, Albin Michel, 1982.

OMBRES BLANCHES, Syros.

UN TUEUR DANS LES ARBRES, Albin Michel, 1982.

BLUES MISSISSIPPI MUD, avec Patrick Bard, La Martinière *(épuisé)*.

Composition Nord Compo.
Impression Société Nouvelle Firmin-Didot
à Mesnil-sur-l'Estrée, le 27 janvier 2000.
Dépôt légal : janvier 2000.
Numéro d'imprimeur : 49751.

ISBN 2-07-040958-9/Imprimé en France.

90583